JOUE LE JEU

LES ROMANCES DES BRITISH BOYS

J.H. CROIX

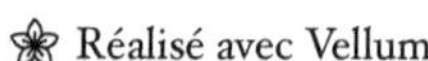 Réalisé avec Vellum

Chapitre Un

TRISTAN

Je pris le virage, traversant le couloir vers mon bureau avant de rentrer de plein fouet dans une femme qui marchait si vite qu'elle me fit presque tomber en arrière. Ses cheveux blonds volèrent devant mon visage et elle reprit l'équilibre en s'accrochant à mon bras.

— Oh mon Dieu ! Je suis tellement... Ah ! s'exclama la femme alors qu'elle s'emmêlait les pieds, sans que je ne comprenne comment, réussissant à nous étaler tous les deux au sol.

Ce fut là que je découvris que cette femme était un vrai buffet de courbes. Je sentais ses seins rebondis s'appuyer contre mon torse et, par chance, ma queue logée dans le creux de ses cuisses généreuses. Je ne savais toujours pas qui elle était, mais mon corps aurait été ravi de rester exactement où j'étais.

Le seul problème : elle se tortillait déjà pour se dégager.

— Oh mon Dieu ! Je n'arrive pas à croire ce qui vient de nous arriver.

J'avais l'impression de reconnaitre sa voix, mais je ne savais pas d'où.

J'étais à peu près bien élevé, donc je roulai sur le côté pour me relever. Je jetai un œil vers le sol et la trouvai en train d'écarter ses mèches blondes de son visage pour me regarder. Mon cœur me brisa presque une côte tellement il battait fort.

Daisy Knight était assise sur le sol du couloir devant moi. Bon sang qu'elle était belle. La dernière fois que je l'avais vue datait presque d'un an. Nous avions partagé ce que j'appellerais un presque-coup d'un soir que je n'avais toujours pas oublié. Nous n'étions pas allés au bout des choses, et elle m'avait laissé dans tous mes états, bien plus que n'importe quelle autre femme. J'avais espéré la revoir pour terminer ce que nous avions commencé. Mais par accident ou par volonté, Daisy avait réussi à m'éviter si complètement depuis un an que je m'étais dit qu'elle préférait ça comme ça. Étant donné que ses deux meilleures amies étaient mariées à deux des miens, je me doutais bien qu'elle avait dû faire des efforts pour éviter de me voir. J'avais beaucoup d'autres choses à penser et d'autres attachements volatils, donc je m'étais simplement dit que je n'aurais jamais la chance de savoir à quel point coucher avec elle aurait pu être bon.

Les grands yeux marron de Daisy trouvèrent les miens. En la regardant d'en haut alors que je sentais encore le toucher de son corps sur le mien, ma queue sursauta. Elle écarta les lèvres, ces lèvres rebondies avec un petit sourire en coin. Je voyais ses seins s'élever et retomber avec sa respiration. Le fait qu'elle porte un chemisier serré n'aidait en rien. Mes yeux plongèrent dans la vallée de ses seins. Ma queue durcit et je me forçai à remonter le regard. Bien. Nous étions dans le couloir de l'étage de recherches médicales de l'hôpital. Je ne pouvais pas me permettre de rester là à la mater.

Je tendis la main.

— Bonjour Daisy. Ça fait longtemps, dis-je avec un ton égal.

Elle attrapa ma main et je l'aidai à se lever. Une fois qu'elle fut debout, elle passa ses mains sur sa jupe et ajusta son chemisier. Rien de tout cela ne me permit d'oublier un centimètre de son corps de rêve. Mais j'étais bien élevé et il fallait que je respecte la distance qu'elle semblait vouloir mettre entre nous. Je reculai d'un pas.

— Qu'est-ce qui t'amène ici ? demandai-je enfin.

Ses joues rosirent légèrement. Entre les longues mèches blondes, ses grands yeux de biche et sa peau de porcelaine, ce petit rougissement m'acheva.

Elle redressa les épaules.

— Bonjour Tristan. Ça fait un moment, en effet.

J'acquiesçai en me demandant s'il valait la peine de lui rappeler ce qu'il s'était passé la dernière fois qu'on s'était vus. Sans doute pas, donc je restai silencieux.

— Eh bien, je suis là pour voir le docteur Wells. Il s'occupe temporairement de la clinique pour l'une des études que je gère, expliqua-t-elle. On m'a dit que son bureau était dans ce coin, mais rien n'est fléché donc je me suis perdue. Qu'est-ce que tu fais là, toi ?

Mon cœur se heurta encore une fois à mes côtes. Daisy savait que je faisais des études de médecine. Elle savait également que je m'étais retrouvé sur le banc toute la saison dernière après une grosse blessure au genou. J'avais passé la majorité de ma vie à jouer au football, ce que les Américains continuaient d'appeler le soccer. J'avais signé chez les Seattle Stars quelques saisons plus tôt, en même temps que plusieurs de mes amis venus d'Angleterre. À la fac comme à travers ma carrière de footballeur professionnel, j'avais réussi à continuer mes études de médecine et à obtenir mon diplôme. Ça avait été beaucoup de boulot, mais je savais que je voulais quelque chose en dehors du sport, car ma carrière ne pouvait pas durer toute ma vie. J'avais assez de chance pour pouvoir retourner sur le terrain quand mon genou s'était bien remis.

Mais pour l'instant, je gérais temporairement la clinique de recherches médicales au sein de l'hôpital pendant que le directeur était en voyage. Une clinique qui venait de rejoindre une étude sur un nouveau médicament juste avant que je ne reprenne les rênes. C'était idéal pour moi, car je ne voulais pas d'un contrat long, je voulais simplement quelque chose pour m'occuper un mois ou deux. J'aurais dû faire le lien et comprendre que ça me ramenait en plein vers Daisy, étant donné qu'elle était l'une des chercheuses principales de la compagnie avec laquelle la clinique s'associait pour cette étude. Elle semblait avoir complètement oublié mon nom de famille.

J'étais sur le point de lui répondre quand elle rougit encore plus.

— Tristan Wells. Ah oui. J'aurais dû comprendre plus vite. Je suis sûre que tu penses que je suis une idiote, dit-elle avec un rire forcé. Je n'ai pas oublié ton nom, c'est juste que je ne t'ai jamais appelé docteur Wells, donc je n'ai pas fait le lien.

— Personne ne peut se dire que tu es bête, répondis-je. Suis-moi.

Je repris ma marche vers mon bureau, et elle se retourna pour marcher à côté de moi. Je fis rapidement la morale à ma queue pendant que nous traversions le couloir. Heureusement, il y avait quelques bonnes dizaines de mètres à parcourir, car la réponse de mon corps à la proximité de Daisy était complètement folle. Cette femme me rendait fou. Elle excitait chaque parcelle de mon désir. J'avais toujours compartimenté les femmes dans ma vie, de façon très maitrisée. J'avais de nombreuses opportunités, entre mes années de fac et ma carrière de footballeur professionnel, mais je trouvais que ce genre de relation amenait toujours des problèmes. J'avais une vie sexuelle saine, mais c'était surtout pour profiter d'un plaisir charnel et pour éviter les problèmes de cœur.

Je passai la porte de mon bureau et la tins pour que Daisy passe. Ses hanches généreuses se balancèrent à chacun de ses pas. Comme d'habitude, elle avait réussi à se donner un look parfaitement professionnel, mais un peu cochon. Je savais à quel point elle était sauvage quand je la touchais, et ça ne faisait qu'alimenter le feu de ma réaction à elle. Elle portait une jupe droite, un peu plus moulante et un peu plus courte qu'une jupe de tailleur habituelle, qui tombait au-dessus de ses genoux et était accompagnée de talons noirs. Et elle portait un chemisier cintré. Parfaitement respectable au premier coup d'œil, jusqu'à ce qu'on remarque que ses seins étiraient le tissu. Elle se dirigea vers les fenêtres et admira la vue avant de se tourner pour me faire face. Avec ses cheveux blonds épais, son visage en forme de cœur et ses grands yeux marron, bon sang que j'avais envie d'elle.

J'avais réussi à oublier à quel point elle était tentante. Je me forçai à me rappeler de la raison de sa visite. Le boulot. Rien de plus. Même si j'avais envie de la plier en deux sur mon bureau, ça ne voulait pas dire que ça allait se passer comme ça.

— Donc tu es venue parler du protocole de l'étude, j'imagine ? demandai-je en faisant le tour de mon bureau.

Avant de m'asseoir, je lui fis signe de s'installer sur

l'une des chaises en face de moi. Une fois qu'elle fut installée, je m'assis et m'adossai à mon siège.

Elle ouvrit son sac à main et sortit une paire de lunettes. Bordel. Je ne l'avais jamais vue avec des lunettes. Ça n'allait vraiment pas aider. Ignorant complètement l'état dans lequel j'étais à l'intérieur, elle les posa sur son nez et sortit une petite tablette électronique. Elle cliqua dessus plusieurs fois puis leva les yeux.

— C'est exactement pour ça que je suis là. Quand le docteur Horton a rejoint notre étude avec la clinique, nous n'étions que dans la phase de planning. Quand il est parti, il n'y avait pas grand-chose à faire, mais maintenant nous sommes prêts à commencer à nous coordonner avec vous pour enrôler des patients dans l'étude. Ça, là...

Elle fit une pause pour tourner l'écran vers moi.

— ... ça nous montre le processus de suivi des patients dans notre système. Comme tu es là depuis...?

Elle laissa sa phrase en suspens et me lança un regard interrogateur.

— Quelques mois, complétai-je pour elle.

— Oh, donc tu dois être bien habitué à tout ça, avec l'autre étude de notre programme.

— Oui. C'est très simple. L'équipe technique d'ici a déjà mis en place les liens en ligne pour notre équipe, donc il ne devrait pas y avoir de problèmes.

Daisy ferma sa tablette et la rangea dans son énorme sac à main avant de me regarder à nouveau.

— Super.

Un moment de silence s'empara de la pièce, l'air devint instantanément électrique. Pourquoi donc me faisait-elle cet effet-là ? Il allait falloir que je me ressaisisse, car il semblait que j'allais devoir travailler avec elle régulièrement maintenant.

Elle tapota des doigts sur le bras de sa chaise et me regarda comme si elle hésitait.

— Alors, comment tu vas ?

Je haussai les épaules.

— Ça va. Et toi ?

Elle se mordit la lèvre inférieure un instant, lançant un éclair de désir à travers mon corps.

— Pareil, pareil. J'imagine que cette année a dû être un peu dure avec ta blessure au genou.

Ah, donc elle ne m'avait pas complètement oublié durant cette année passée.

— Ce n'était pas super sur ce plan-là, c'est sûr, mais je serai de retour sur le terrain bientôt. En attendant, je suis ici.

Elle continua de tapoter des doigts.

— J'espère que tu ne penses pas que je t'ai évité, dit-elle soudainement.

Je me posais la question avant, mais maintenant j'en étais certain. Daisy était beaucoup de choses, mais elle n'était pas du genre à s'enfuir. À moins que ça la dérange.

Pendant un instant, j'hésitai à rester poli et à faire comme si je la croyais. Mais je n'en avais pas envie. Ou plutôt, j'avais envie d'insister.

Je me levai, ma chaise roulant derrière moi, créant un son de roulettes fracassant dans ce bureau silencieux. Je fis le tour du bureau, appuyai mes hanches sur la table en la regardant.

— Je crois que tu m'évitais, si.

Ses magnifiques yeux marron s'écarquillèrent, et elle se leva rapidement. Oh, absolument parfait. Je l'avais énervée. Exactement ce que je voulais.

Elle était à quelques centimètres de moi. Je n'aurais pas pu le planifier si je l'avais voulu. Elle posa ses mains sur ses hanches et me jeta un regard noir.

— Pas du tout !

J'enroulai mes mains au bord du bureau, uniquement car c'était la seule façon de ne pas l'attraper pour la coller à moi, ce qui ne passerait pas. Daisy et moi nous étions presque enflammés après quelques baisers et de grosses caresses. Pour des raisons qui m'étaient inconnues, elle avait mis le frein et était partie en courant. Mais je voulais faire durer ce moment pour voir où ça irait.

Je trouvai son regard brûlant et haussai un sourcil.

— Vraiment ? Tu veux dire qu'en presque un an, c'est un hasard que tu aies évité toutes les retrouvailles avec mes amis ? Je trouve ça impossible à croire. Je te voyais plusieurs fois par mois avant ça. On était sur le point de se laisser aller à quelque chose, et je ne t'ai pas vue depuis. Ce que je veux savoir, c'est pourquoi ça te met dans cet état ? Ce n'est pas toi qui as dit que ça ne voulait rien dire ?

Je la provoquais et je le savais bien. De loin, je me demandai si j'avais perdu la tête, mais je me fichais bien de penser à ça tout de suite.

Ses joues prirent une teinte plus profonde encore et elle me pointa du doigt.

— Je ne suis dans aucun état !

Puis elle planta son doigt dans mon torse.

Chapitre Deux

DAISY

Je savais que j'étais un peu déstabilisée, et je savais qu'il fallait que je me reprenne, mais j'étais incapable de réfléchir objectivement. Je plantai mon index dans le torse de Tristan et me répétai. Je détestais quand les gens répétaient la même chose et pourtant voilà que je le faisais moi-même.

— Je ne suis dans aucun état !

Tristan baissa les yeux vers moi un instant. Doux Jésus. Il était trop beau pour être décrit. Il était grand, un brun ténébreux et si sexy que c'en était dangereux. Du moins pour ma santé mentale et mon bien-être. Ses boucles noires étaient un peu froissées. Ses yeux noisette étaient fixés sur les miens et mon souffle était coincé dans ma gorge. Une chaleur se répandit dans mes veines.

Ce n'était pas censé se passer comme ça. Environ un an plus tôt, j'avais bu quelques verres de vin de trop et je m'étais laissée aller au désir déchirant que Tristan suscitait en moi depuis que je l'avais rencontré. J'avais prévu que ce soit juste du sexe, rien de plus. Je m'étais dit que Tristan me décevrait comme tous les autres hommes. Le problème était qu'une fois que sa bouche avait trouvé la mienne et que ses mains caressaient mon corps, je m'étais approchée très vite de deux choses que je cherchais depuis toujours : un orgasme et une connexion intime. Entièrement habillée avec sa bouche qui me rendait folle et de grands éclairs de plaisir qui me secouaient, j'avais l'impression d'être prise dans une toile avec lui. J'avais tellement l'habitude que le sexe soit quelque chose de distant et de mécanique, sans aucune satisfaction.

Alors que chaque fibre de mon corps mourait d'envie de se laisser aller à la meilleure sensation de tous les temps, je l'avais complètement repoussé et j'avais fui. Car tout ça m'avait fait peur. Je connaissais parfaitement la vision que Tristan avait des relations amoureuses. D'après mes deux meilleures amies, qui étaient mariées à deux de ses amis à lui des Seattle Stars, ça ne faisait pas partie de son vocabulaire. Il disait que ça n'attirait que des ennuis et il gardait ses distances avec ce genre de choses. Je m'étais toujours demandé pourquoi. Habituellement, ça ne me dérangeait pas d'être curieuse, mais je n'avais pas réussi à me convaincre de poser des questions à ce sujet, trop inquiète que ma curiosité se révèle bien trop personnelle.

Et donc j'étais complètement gaga d'un homme dont je ne pouvais rien attendre. Il ne pouvait pas savoir que je n'attendais que de me poser avec quelqu'un. Et je ne pouvais pas m'humilier devant lui avec ça. C'était bien mon genre de me retrouver à me languir pour un homme que je ne pourrais jamais avoir.

Tristan haussa un sourcil. Bon sang, même son visage était splendide. Des traits anguleux, avec un nez droit et toujours une barbe de trois jours. Je me souvenais parfaitement de la caresse de cette barbe contre ma peau. Alors que toutes ces pensées traversaient mon esprit, mon pouls s'envola en un éclair et j'arrivais à peine à respirer.

Il enroula sa main autour de la mienne, là où mon doigt était appuyé contre son torse. Mon ventre se retourna lentement et tout en moi se tendit de désir. Il était silencieux, ses yeux plantés dans les miens. J'avais chaud de partout, je me sentais exposée et vulnérable. Ce sentiment fut rapidement suivi d'une colère. Ça m'énervait tellement d'avoir autant envie de lui.

— Je crois que si, dit-il d'une voix grave qui me fit vibrer des pieds à la tête. Je veux juste savoir pourquoi.

Mes joues étaient chaudes, et j'ordonnai à cette chaleur de me quitter, ce qui ne servit à rien. J'avais envie de secouer sauvagement la tête et de débattre, mais je ne fis rien. Ma capacité à parler me quitta à la seconde où il leva la main et caressa mes cheveux, y passant les doigts doucement.

Mon souffle s'accéléra alors que mon cœur s'envolait. Le désir palpitait en mon centre. J'avais tellement envie de lui. C'était exactement pour ça que je l'avais évité si longtemps. Je savais ce que ça faisait de sentir son toucher sur moi, et c'était si bon que ça repoussait les limites de ma raison et me faisait oublier tout ce qui comptait.

— Si tu ne mens pas, dine avec moi, dit-il sans jamais détourner le regard.

J'étais bien trop têtue pour cligner des yeux. J'en avais envie, mais bon sang, il n'allait pas voir l'effet qu'il me faisait.

— D'accord. Dinons ensemble, craquai-je.

Il tenait toujours ma main dans la sienne alors qu'il caressait doucement mes cheveux de l'autre. La chaleur battait en moi et mon bas-ventre se contracta, mais je refusais de le repousser. J'étais capable de tenir.

J'allais lui montrer qu'il ne me dominait pas, et j'allais me remettre de l'obsession de mon corps pour sa personne.

Sa bouche remonta en un sourire en coin. Oh, bon sang. Aucune femme ne pouvait résister à cet homme sans perdre la tête.

— Ce soir alors ? demanda-t-il.

Je n'avais pas envie de faire ça ce soir. J'avais besoin de temps pour me faire une carapace. Mais si je disais non, j'aurais l'air de perdre mon sang-froid. Et je refusais d'avoir l'air d'une poule mouillée, j'avais bien trop de fierté. Il m'avait déjà fait la remarque que je l'évitais, et j'allais lui montrer que ce n'était pas le cas. Même si la vérité avait été que, bien sûr, je l'évitais. Donc je hochai la tête et me forçai à ne pas gémir en sentant ses doigts caresser la peau de mon cou alors qu'ils passaient dans mes cheveux.

Quand je hochai la tête, il écarquilla légèrement les yeux. Bien. Il s'attendait à ce que je le rembarre. Oh, non. J'étais capable de tenir. Ce serait bon pour moi. Il fallait que je dépasse la gêne que je ressentais et que j'arrête de l'éviter.

Il lâcha ma main. Je reculai, peut-être un peu plus rapidement que je n'aurais dû, mais il fallait que je mette un peu de distance entre nous. Ses yeux prirent un nouvel éclat et je sus immédiatement qu'il avait remarqué. Je levai le menton.

— Où et quand ? demandai-je d'un ton désagréable malgré moi.

Je m'en fichais bien. J'avais besoin que mon mauvais caractère prenne le dessus à l'instant.

— Je viendrai te chercher. À 18 h.

Je ne voulais vraiment pas qu'il vienne me chercher, mais si je débattais là-dessus, ça aurait l'air idiot.

— D'accord. Emmène-moi quelque part d'élégant, dis-je en me retournant pour partir.

Son rire grave m'accompagna vers la porte. J'étais sur le point de la passer quand il parla.

— Daisy ?

Je le regardai par-dessus mon épaule.

— On va terminer ce qu'on a commencé la dernière fois.

Mes joues s'enflammèrent à nouveau, mais je m'accrochai à ma dignité du bout des doigts.

— Ce n'est pas toi qui décides, rétorquai-je.

Il haussa les épaules.

— Peut-être pas, mais je sais que tu en as autant envie que moi.

Je n'avais rien à répondre à ça. Il ne savait pas à quel point il avait raison.

Chapitre Trois

TRISTAN

Génial. Je venais de m'imposer des heures de torture. À quoi pensais-je donc ? S'il y avait bien une chose que je ne faisais jamais, c'était de courir après une femme. Je l'avais fait il y a bien longtemps, quand j'étais jeune et naïf. J'avais appris rapidement que ça n'en valait pas la peine. Mais j'avais l'impression que j'étais vraiment à deux doigts de courir après Daisy. Je ne pouvais pas m'en empêcher. Il n'avait fallu que quelques minutes de baisers chauds et fous avec elle pour que tout semble entamé, et j'avais besoin de terminer tout ça. Puis il y avait sa personnalité, et le fait qu'elle me prenait la tête. Quand elle se mettait sur la défensive, je ne pouvais pas résister. J'étais déterminé à dépasser les murs qu'elle mettait devant moi. Une sonnette d'alarme lointaine retentit dans mon esprit, mais j'étais bien trop têtu à ce sujet. Je ne prévoyais pas que ce soir s'arrête à un simple diner. J'avais besoin de me la sortir de la tête une bonne fois pour toutes, et ça nous ferait du bien à tous les deux.

Mon téléphone de bureau sonna et me sortit de ma transe mentale. Ce ne fut qu'à ce moment-là que je réalisai que je bandais encore. Bon sang. Voilà l'effet que Daisy me faisait.

Je laissai l'appel tomber sur répondeur et me forçai à faire vingt pompes, dans mon bureau, en blouse blanche. L'exercice suffit à diffuser la tension de ma gaule et à me permettre de me concentrer à nouveau.

Quelques heures plus tard, j'attrapai mes clés sur la petite table à côté de la porte et sortis de chez moi. Une minute plus tard, je conduisais vers l'appartement de Daisy. Je savais où elle vivait, car j'y avais été plusieurs fois avant qu'elle ne décide de commencer à m'éviter. Elle avait organisé plusieurs soirées avec nos amis en commun et vivait assez près pour que j'y aille à pied, mais j'avais l'intention de tourner cette soirée en réel diner romantique, donc je l'emmenais manger de l'autre côté de la ville. Je savais qu'elle adorait essayer de nouveaux restaurants et un ami de l'hôpital m'avait dit qu'un nouveau restaurant de cuisine asiatique venait d'ouvrir.

Je m'arrêtai devant le duplex où elle vivait. La porte s'ouvrit avant que j'aie le temps de lever la main pour frapper. Mes yeux se heurtèrent aux siens et j'en eus le souffle coupé un instant. Bordel. Elle était tellement belle. Ses épais cheveux blonds tombaient en cascade sur ses épaules. Elle s'était changée, troquant sa tenue professionnelle pour un chemisier en coton blanc cintré au niveau du cou par un petit nœud, juste au-dessus de ses seins généreux. Marié à cela, une jupe bleu clair qui épousait ses hanches et se balançait joyeusement au niveau des genoux. Elle portait les mêmes talons noirs qu'au travail. Je ne l'avais jamais vue porter de maquillage et ce soir ne faisait pas exception. Ses joues roses suffisaient, et ses grands yeux marron étaient décorés de cils épais qui caressaient ses joues. Ce n'était pas une beauté typique. Sa bouche était légèrement tordue, et son nez remontait en tirebouchon. Avec ses yeux inclinés, elle avait l'air toujours un peu joueuse. En soi, elle avait vraiment un air espiègle. Elle avait plus de courbes que la femme moyenne, mais ne faisait aucun effort pour le cacher. Il me fallait tout le contrôle en moi pour ne pas l'embrasser immédiatement, mais je me retins.

Je ne sais pas comment, mais je savais qu'il fallait que j'y aille doucement, ou elle réagirait exactement comme la dernière fois. Ne me demandez pas pourquoi je n'étais pas simplement passé à autre chose. Je ne savais pas pourquoi Daisy s'était enfuie la dernière fois, mais j'avais besoin d'aller au bout des choses avec elle, pour que je puisse arrêter de penser à elle. Je n'aimais même pas penser au nombre de fois où je m'étais touché en repensant à ce que ça faisait de l'embrasser. C'était comme marcher à travers des flammes, si chaud et si bon que je ne pensais qu'à cela depuis.

— T'as donné ta langue au chat ? demanda Daisy d'un ton acerbe et coupant.

Je la fixais du regard, la bouche ouverte, donc elle n'avait pas tort. Je me repris et haussai les épaules.

— Tu es magnifique. On y va ?

Elle plissa les yeux légèrement et elle leva le menton.

— Bien sûr, dit-elle rapidement avant de passer la porte et de la verrouiller rapidement derrière elle.

Son odeur arriva jusqu'à moi, une pointe de miel et de fruit. Je me forçai à reculer alors qu'elle se retournait pour traverser le couloir.

J'ouvris la porte de la voiture pour elle, ce qui me valut un soupir et un lever d'yeux au ciel. Daisy était comme de l'huile sur un feu pour moi. Il fallut que je force ma queue à redescendre pendant que je faisais le tour de la voiture pour monter dedans à mon tour.

— Alors, où va-t-on ? demanda-t-elle une fois que j'eus démarré.

— Un nouveau resto dont j'ai entendu parler, de l'autre côté de la ville.

— Et qui s'appelle ?

Je la regardai en m'arrêtant à un stop.

— Je ne me souviens plus, mais je sais où c'est.

— Tu ne te souviens pas du nom, mais tu sais où c'est ? demanda-t-elle avec un large sourire amusé.

— Exactement. Je me souviens bien des chiffres. L'adresse, c'est 459 Hawthorne Drive. C'est pas loin de l'aéroport. C'est un nouveau restaurant asiatique. Je sais que tu aimes bien tester de nouveaux endroits, et ça a ouvert le weekend dernier.

Je roulai vers la route qui nous ferait traverser la ville au plus vite, soulagé d'avoir quelque chose à faire de mes mains. J'avais sous-estimé l'effet que Daisy me faisait. Je ne savais pas si c'était parce que ça faisait longtemps que je n'avais pas passé de temps avec elle, mais bon sang. Elle anéantissait ma capacité à me concentrer. Il me fallut quelques minutes pour me reprendre. Je n'avais pas l'habitude d'avoir autant envie de quelqu'un.

— Oh ! J'ai entendu parler de ce resto. Il parait que c'est super bon, répondit-elle, rebondissant un peu sur son siège.

On pourrait croire que je n'étais pas complètement idiot, mais j'avais complètement oublié ce que ça faisait de passer du temps avec Daisy. Je la connaissais depuis trois ans maintenant. Elle était une combinaison surprenante de cassante et sarcastique mélangée à une joie libre qui faisait surface de temps en temps. Mis à part l'électricité entre nous que j'avais toujours ressentie, j'avais toujours apprécié sa compagnie. Elle était intelligente et drôle. Elle adorait débattre et le faisait de bonne foi.

— Ah, eh bah. Tu sais comment ça s'appelle ? demandai-je en retour.

Je lui jetai un regard de côté et trouvai son sourire en coin quand elle me regarda.

— Nan, mais toi t'es censé savoir.

— Ah oui ?

— Ouais. Tu m'emmènes diner, donc tu devrais savoir. Je te pardonnerai à condition que ce soit aussi bon que promis.

Je ris.

— Ah, donc si ce n'est pas à la hauteur, je dors dans la baignoire ?

Je sentis son sourire cette fois, alors que je gardais les yeux sur la route et me forçais à retenir le mien. C'était bien trop amusant, et ça aurait dû me poser problème, mais je m'en fichais. J'avais un but et j'avais l'intention d'aller au bout. Ce soir se terminerait avec mon corps plongé dans celui de Daisy. Et je pourrais me la sortir de la tête une bonne fois pour toutes, pour que nous soyons amis à nouveau.

DAISY

— Oh mon Dieu !

Je tendis la main pour attraper la bouteille de vin qui tremblait au milieu de la table tout en essayant de reprendre mon souffle alors que je riais trop fort.

Pendant l'année que j'avais passée à trouver des excuses pour ne pas me retrouver dans la même pièce que Tristan, j'avais oublié à quel point il était drôle. Et d'ailleurs, l'éviter avait demandé beaucoup d'efforts méticuleux. Olivia et Harper étaient mes deux meilleures amies. Et elles étaient toutes deux mariées à des coéquipiers de Tristan, au sein des Seattle Stars, Liam et Alex. Ces gars étaient plus que de simples collègues pour Tristan, ils se connaissaient tous depuis longtemps en Angleterre avant de signer ensemble chez les Stars ici. Nous passions beaucoup de temps ensemble, entre les diners, les soirées jeux et les fêtes de temps en temps. J'avais dépensé tellement d'énergie à trouver des raisons sur pourquoi je ne pouvais pas être là quand je savais que Tristan le serait.

Ce baiser idiot m'avait rendue folle. Ça avait été un

peu plus qu'un baiser en réalité. J'avais accompagné Olivia à un match chez une équipe adverse une fois, quand Harper ne pouvait pas venir. Un diner, beaucoup de vin et la simple existence de Tristan avec son corps chaud comme la braise m'avaient convaincue de me laisser aller à ce que je voulais depuis que je le connaissais. Nous nous étions sautés dessus dans les escaliers de l'hôtel. C'était si chaud que son genou était calé entre mes cuisses, appuyant sur mon clitoris et me rendant folle. Entre ça et le plaisir intense que ça avait été de sentir sa bouche sur la mienne et son pouce sur mon téton, j'avais complètement flippé quand il avait reculé et que nos yeux s'étaient trouvés. Mon cœur s'était serré et mon souffle s'était coincé dans ma gorge, car tout était si intense et profond et bien plus grand que ce que j'avais imaginé. Et plein de choses que je ne pensais pas possibles.

Donc je m'étais écartée du mur et de son corps dur et chaud et j'avais fui vers ma chambre d'hôtel pour passer la nuit seule. Je m'en étais voulu d'avoir oublié mon vibromasseur, car j'étais dans tous mes états, et mon vibromasseur était la seule chose qui était capable de me faire jouir.

Je m'étais sentie si vulnérable et stupide que j'avais fait de mon mieux pour ne jamais revoir Tristan. Et j'avais même réussi à me convaincre que c'était un con arrogant. Il était du genre silencieux, donc c'était facile de l'imaginer arrogant et supérieur. J'avais réussi à me forcer à oublier son humour inattendu, joueur et à quel point j'aimais lui parler.

C'était une star du foot, bien sûr. Mais ce n'était presque qu'un détail chez lui. Il était brillant, ce que j'adorais. Mais il avait réussi à terminer ses études de médecine en calant ses cours autour de l'emploi du temps fou d'un joueur de foot. Il était clairement passionné par la médecine et la recherche. Encore une chose que j'aimais chez lui : une femme intelligente ne lui faisait pas peur. Mon cerveau était ma plus grande force. J'adorais mon boulot de chercheuse en médecine et j'adorais en parler. Même si je détestais me dire que les femmes n'étaient pas traitées de la même façon que les hommes dans le milieu médical, c'était le cas. Il n'y avait aucun doute. J'avais l'habitude qu'on m'ignore en réunion ou qu'on ait l'air surpris quand les gens apprenaient que j'étais responsable de plusieurs études. Mais Tristan n'était pas comme ça. Il me traitait exactement comme j'imaginais qu'il traitait un collègue homme et était même capable d'admettre quand il avait tort.

Malgré le fait que je savais tout ça sur lui, je m'étais convaincue que c'était un con arrogant pendant l'année où je l'avais évité. Sans doute une bonne chose, car à l'instant j'avais deux problèmes. J'avais tellement envie de lui que ma culotte était trempée depuis une bonne heure. Et il me plaisait. Il me plaisait vraiment. Il était tout ce que je recherchais chez un homme. J'avais passé des années à chercher l'homme de mes rêves partout. Et je n'avais rien trouvé. Je n'avais aucun mal à me trouver des prétendants, mais j'avais fini par avoir peur de coucher avec des gens et j'avais commencé à me dire que mes attentes étaient trop hautes, et qu'il serait impossible de trouver un gars qui m'excitait et me respectait.

Le serveur arriva à la table, attrapa la bouteille de vin tremblante et nous regarda avec un sourire.

— Eh bien, on dirait que vous vous amusez. Est-ce que vous voudrez un dessert ?

Je déglutis la fin de mon rire et regardai Tristan,

oubliant immédiatement ce qui m'avait fait autant rire. Le restaurant avait été aussi sublime que ce que les critiques suggéraient. J'avais mangé des nouilles sautées, sur un thème de fusion entre les cuisines thaïe et américaine, du moins d'après le serveur. J'avais apprécié mon repas, mais c'était un miracle que j'aie réussi à remarquer autre chose que Tristan. Il était bien trop distrayant.

Les boucles noires de ses cheveux étaient froissées, comme toujours. Ses yeux noisette trouvèrent les miens de l'autre côté de la table alors qu'il haussait un sourcil en guise de question.

— Bien sûr ! Je meurs d'envie de savoir quel genre de dessert vous faites, annonçai-je.

Le serveur nous fit la liste. Quand Tristan ne réussit pas à choisir, je décidai de prendre quelque chose au chocolat et au piment. Notre serveur remplit nos verres de vin et nous laissa avec la bouteille maintenant vide. J'étais déjà pompette. Je ne voulais pas me donner en spectacle, mais j'avais besoin de courage liquide et de calmer mon anxiété.

Tristan prit une gorgée de son vin et me regarda.

— Alors, dis-moi la vérité : pourquoi est-ce que tu m'évites depuis tout ce temps ?

Sa question me frappa de plein fouet. La chaleur dévala mes veines et mon ventre se noua. Oh, et puis merde. Je n'avais rien à perdre à ce stade.

— Parce que ça me paraissait trop compliqué. Maintenant qu'on a diné ensemble, je peux gérer, dis-je en restant vague et en espérant que ça suffirait.

— Trop compliqué ?

Ah, super. Il n'allait pas me laisser m'en tirer si facilement. Eh bien tant pis. Je n'avais qu'à le dire. Puis il partirait en courant, ce qui m'enlèverait l'effort de devoir l'éviter. Je pris une gorgée de vin.

— Ouais. Le truc, c'est que tu ne fais pas dans le compliqué, donc ça me paraissait mieux de ne pas aller plus loin. Parce que je veux deux choses : du sérieux et un orgasme. Je me fiche bien de l'ordre. Mais comme tu ne fais pas dans le sérieux, je me suis dit qu'il valait mieux qu'on oublie à quel point ce baiser était génial.

Chapitre Cinq

TRISTAN

Je fermai la bouche au moment où je réalisai que je fixais Daisy du regard, bouche grande ouverte, pour la deuxième fois de la soirée. Elle était assise en face de moi, la lumière caressant ses cheveux blonds, ses grands yeux marron accrochés aux miens presque comme si elle me lançait un défi, et ses lèvres rondes remontées dans les coins. Je me secouai mentalement et essayai de reprendre le contrôle de mon corps. Sa petite annonce était un gros coup de fouet sur le désir qui m'avait traversé toute la soirée. Ça me fit également ment perdre le fil de mes pensées.

— Un orgasme et du sérieux ? demandai-je.

Je réussis à garder un ton calme, mais j'avais l'impression qu'elle m'avait donné un coup à l'intérieur de la tête. J'avais passé toute cette soirée avec un but en tête : de terminer ce qu'on avait commencé et de me la sortir de la tête. Le mot « sérieux » me faisait reculer rapidement. Je n'étais pas un connard. Ce n'était pas que je pensais que les relations sérieuses étaient un mauvais concept. C'était que je m'y étais frotté une fois et que ça ne s'était pas bien passé.

J'étais jeune et à l'université, et sans doute un peu idiot. Je ne dirais pas que j'avais du bon sens à l'époque, et comme la plupart des mecs, ma queue ne prenait pas toujours les meilleures décisions. Pour faire court, je sortais avec une fille. Les choses s'étaient terminées de manière dramatique quand son ex avait décidé de se battre avec moi. Il s'avérait qu'elle m'utilisait surtout pour se venger de lui. Je n'avais vraiment pas aimé faire partie de la revanche de quelqu'un. Ma fierté en avait pris un coup, et je tenais assez à elle pour nous imaginer nous lancer dans une relation sérieuse. Ça m'avait fait mal. Les choses étaient devenues encore plus compliquées quand elle s'était remise avec lui, qu'il l'avait quittée à nouveau et qu'elle avait essayé de me remettre au milieu de cette histoire. Ma queue trouvait que c'était une bonne idée jusqu'à ce que la réalité me rattrape et que la vérité cynique soit évidente. Encore une fois, je n'étais qu'un pion dans le jeu qu'elle jouait avec son ex.

Je ne dirais pas qu'elle m'avait brisé le cœur, mais ce genre de manipulations émotionnelles ne me paraissaient pas valoir la peine de prendre le risque de se lancer dans quelque chose de sérieux. Au moment où mon cerveau avait commencé à parler plus fort que mon autre tête, j'en avais eu assez des histoires compliquées et j'avais décidé de suivre une approche pragmatique du sexe.

Alors que mon esprit tirait toutes les sonnettes d'alarme, je fixai Daisy des yeux de l'autre côté de la table, en me disant qu'il fallait que j'oublie l'idée de me la sortir de la tête.

Ses joues devinrent plus rouges encore alors qu'elle levait le menton doucement avant d'acquiescer.

— Oui, comme je disais, sans ordre particulier.

La curiosité s'empara de moi. Je n'aurais pas dû

être aussi curieux, mais c'était Daisy et je ne prenais jamais de décision raisonnable quand il s'agissait d'elle, du moins, semblait-il.

— Tu me dis que tu n'as jamais eu d'orgasme ?

— Pas avec un homme, dit-elle d'un ton hautain.

Je sentais la vulnérabilité cachée sous ses mots dans le fait de me dire ça. Daisy n'était pas du genre à baisser les yeux. Elle était déterminée à ne pas se cacher et fonçait en plein dedans.

Il n'y avait pas grand-chose qui pouvait me donner encore plus envie d'elle, mais ce fait, si. Je n'avais aucun doute sur le fait qu'elle jouirait avec moi, mais le fait de savoir que c'était une montagne qu'elle n'avait jamais gravie avec un autre homme était plus que tentant. Ça et son audace. Bordel. Il fallait que je me reprenne. Elle ne cherchait pas qu'un simple orgasme. Elle voulait du sérieux, quelque chose que je n'avais jamais envisagé. J'étais très bien célibataire. J'avais des amis, de la famille et du sexe. Tout marchait parfaitement.

— Donc si tu ne veux pas ça dans un ordre particulier, tu te fiches si l'orgasme et le sérieux vont ensemble ?

Ma question s'échappa de ma bouche d'elle-même, sans ma permission. J'étais perdu et je retombais sur de la logique. Peut-être que nous pouvions trouver un compromis. J'avais envie d'elle, si violemment que ça me brûlait la peau. Peut-être qu'il y avait une option entre les deux.

Ses yeux chocolat soutinrent les miens pendant un instant avant de hausser les épaules.

— Peut-être. J'aimerais dire oui, mais je suis si cynique à ce sujet, je suis presque certaine que ce n'est pas possible.

Elle arracha soudainement ses yeux aux miens et prit une gorgée de vin.

— D'accord, ça suffit. Je t'ai expliqué, et maintenant je ne t'éviterai plus. Passons à autre chose.

Je savais qu'il valait mieux passer à autre chose, car toute autre option était la porte ouverte au désastre. Daisy avait été entièrement correcte en indiquant que tout pourrait devenir compliqué. Ce serait sans doute le cas si je cédais au chant des sirènes, ce désir brûlant en moi. Apparemment, j'étais parfaitement stupide, car je secouai la tête.

— Non, ne passons pas à autre chose. Il faut que tu aies un orgasme. Je n'arrive pas à croire que tu aies dû te taper du sexe sans ça.

Elle leva les yeux au ciel.

— Oh bon sang. Ne pars pas dans une tirade arrogante. Tu es docteur, tu connais plein de femmes qui ne jouissent pas pendant le sexe. Les hommes ont tendance à penser à leurs propres besoins avant tout. Ce n'est pas comme si j'avais souffert, c'était juste plus une corvée qu'autre chose. Je préfèrerais ne pas m'ennuyer et trouver quelqu'un avec qui me poser pendant que j'y suis. Je ne pense pas que ce soit trop demander. Et pourquoi est-ce qu'on parle encore de ça ? À moins que tu te proposes, cette discussion ne sert à rien.

Avais-je mentionné le fait que Daisy faisait de moi un idiot ? Ce que je fis à ce moment-là était incroyablement stupide.

— Peut-être bien que je me propose.

Je terminai mon verre de vin et la regardai. Dieu merci, cette table cachait le fait que j'étais dur comme la pierre.

Elle écarquilla les yeux et souffla d'un coup. Ses joues rougirent et je mourais d'envie de la prendre. En peu de temps, je m'étais convaincu que j'étais capable de persuader Daisy d'oublier le sérieux.

— Tu n'es pas du genre à te mettre en couple, dit-elle doucement.

— Commençons par l'orgasme.

Je ne me laissai pas penser à la folie dans laquelle je me lançais. Mon corps savait qu'une seule fois avec Daisy ne suffirait jamais. Compliqué n'était pas suffisant pour décrire ce qui se passerait si nous couchions ensemble et qu'elle commençait à en vouloir plus. Malgré ma pauvre tentative de rationalité, ma bouche était à des milliers de kilomètres de mon esprit.

— Ce n'est pas comme si qui que ce soit pouvait voir l'avenir. On ne peut pas s'accorder à l'avance sur du sérieux, mais je peux te promettre un orgasme.

Je réfléchis. Je savais que ce que je disais était vrai. Personne n'était en mesure de promettre du long terme à l'avance. Tout ce que je voulais, c'était Daisy.

Je n'étais pas du genre à me vanter, mais je savais comment Daisy réagissait à moi. C'était réciproque. Nous étions en feu l'un pour l'autre. Il me suffisait d'alimenter les flammes. Au diable le sérieux.

Je m'attendais à ce que Daisy me dise d'aller me faire voir, et je me dis que ça mettrait une fin à ma folie et me donnerait une porte de sortie facile. Elle ne le fit pas. Elle pencha la tête sur le côté, d'un air réfléchi. Ce sourire en coin qu'elle faisait si bien se dévoila. Elle aurait tout aussi bien pu me donner un coup dans le torse. Mon cœur se mit à battre contre mes côtes.

— C'est pas faux. Peut-être que j'ai pris le problème à l'envers. Je vais accepter ta proposition. Ne serait-ce parce que je pense que tu es trop arrogant et que je ne pense pas que tu puisses m'offrir l'orgasme que tu promets.

Ses mots lancèrent une étincelle de plus sur les

flammes qui brûlaient autour de nous. Le désir me traversa.

Notre serveur arriva à ce moment précis. Je ne lâchai pas Daisy du regard.

— Vous pouvez emballer ce dessert. On va le prendre à emporter, dis-je avant de lui tendre ma carte de crédit.

Il partit et revint rapidement, posant la boite à emporter et le reçu sur la table. Daisy brisa notre regard électrique.

— Merci beaucoup. Tout était délicieux. On reviendra bientôt, c'est certain, dit-elle lorsque j'ajoutai un pourboire et manquai presque de jeter le reçu dans la main du serveur.

À travers un brouillard de désir, je réussis à poser sa veste sur ses épaules et à enrouler ma main sur la sienne avant de la tirer hors du restaurant. J'hésitai à m'occuper de ce problème directement dans la voiture, mais me forçai à attendre. Au risque d'être assez fou pour me laisser aller à ça avec Daisy, j'allais au moins le faire bien. Ce qui voulait dire aller quelque part où je pouvais la déshabiller et admirer chaque centimètre de ce corps que je n'avais que senti collé au mien.

Chapitre Six

DAISY

Mon corps vibrait presque de désir. C'était si puissant que ça ne m'aurait pas surprise qu'on me dise que je flottais au-dessus de mon siège. L'air dans la voiture de Tristan semblait vivant, vibrant de l'électricité qui grésillait entre nous. La route entre le restaurant et chez moi sembla durer une éternité. Rationnellement, je savais que ça n'avait pas duré plus de quinze minutes. Mais je n'étais pas sûre de pouvoir tenir sans exploser, fondre ou sauter sur Tristan pendant qu'il conduisait.

Je rangeai même mes mains sous mes cuisses. C'était à quel point j'avais envie de le toucher. J'avais envie de rire face à son assurance qu'il était capable de me faire jouir et j'avais réussi à le calmer un petit peu, mais je ne savais pas quoi faire de ce que je ressentais quand j'étais avec lui. L'alchimie entre nous était si chaude que je n'aurais pas été surprise de voir la nappe prendre feu au restaurant.

Tu fais quelque chose d'idiot. Tu le sais, non ? Tu sais que Tristan ne veut rien de sérieux, donc pourquoi est-ce que tu te lances là-dedans ?

Il a raison. Personne ne peut promettre du sérieux ou que ça dure. J'aimerais voir si je peux jouir avec un homme. S'il y a bien une personne avec qui ça peut marcher, c'est peut-être lui.

C'était l'une des versions du débat qui se répétait dans ma tête depuis que je l'avais embrassé l'année dernière. Tout cela paraissait urgent à l'instant, car c'était réel. Il y avait une troisième voix qui parlait rarement.

Peut-être que c'est toi. Peut-être qu'il y a un problème chez toi et que tu n'es pas capable de te détendre assez pour te laisser aller.

Je n'aimais pas cette voix. C'était une voix calme, anxieuse et pleine de doute qui prenait de plus en plus de place. Je prenais ma mission de trouver un homme très au sérieux. Je voulais tout : du super sexe, de l'amour et une fin heureuse. Alors que mes amies semblaient simplement tomber dessus par hasard, j'avais tout essayé : les rendez-vous galants, les plans cul réguliers et bien d'autres. D'ailleurs, un plan cul régulier est vraiment une mauvaise idée quand on n'arrive pas à jouir avec qui que ce soit. En bref, plus cette voix de doute prenait de la place, plus j'étais déprimée à l'idée de trouver quelqu'un.

Entre mon corps en feu et mon esprit qui sautait d'une idée à l'autre, je perdis la mesure du temps et soufflai un soupir silencieux quand Tristan s'engagea dans ma rue et s'arrêta devant mon duplex. J'avais l'impression d'être folle. Je le voulais. Tellement. Mais je ne voulais pas être déçue. Encore une fois. J'étais terrifiée par mes sentiments quand j'étais proche de lui et je ne savais pas comment naviguer la chose. Je ne savais pas ce qu'il y avait de pire : une nuit géniale avec lui puis tomber amoureuse de lui et être déçue, ou laisser passer cette chance et ne jamais savoir ce que ça fait de jouir avec un homme.

Avant que je n'aie le temps d'arriver à une conclusion, Tristan était devant ma portière, en train de l'ouvrir. La vérité était que je ne réfléchissais pas vraiment à travers le brouillard de désir qui m'entourait. En plus de tout ça, il fallait qu'il se comporte comme un gentleman. Il était toujours poli et élégant. Et quand je me sentais exposée, comme à l'instant, ça m'énervait. Ça me donnait l'impression qu'il allait parfaitement bien alors que je m'écroulais intérieurement, malmenée par les besoins de mon corps.

Mon agacement, celui face à ma réaction et à sa présence toujours calme, me fit sortir de la voiture en grognant. Je passai devant lui et marchai rapidement vers la porte. Je vivais dans un duplex dans une zone résidentielle de Seattle. C'était une petite maison rénovée avec un porche couvert et peint d'un joli blanc aux contours rouges. C'était le début du printemps. Et l'air sentait les fleurs. Avec sa météo toujours pluvieuse et humide, Seattle était un magnifique bouquet de fleurs au printemps. Dans quelques semaines, je serais occupée à planter des fleurs dans mes pots, mais ce soir, c'était la dernière chose à laquelle je pensais.

Je laissai Tristan fermer la porte derrière nous une fois que nous étions entrés et je traversai la pièce pour allumer une lampe. Mon salon était assez agréable, avec une grande baie vitrée, incluant un rebord plein de coussins pour la lecture, et une cheminée sur le mur d'en face. On accédait à la pièce par une arche et une arche plus large menait à la cuisine de l'autre côté. J'avais peint les murs d'une couleur crème. Le parquet poli était adouci par des tapis colorés et un canapé d'angle avec de généreux coussins au centre de la pièce. J'invitais souvent les gens chez moi, car j'avais un espace de vie chaleureux et accueillant. À l'instant, en regardant autour de moi, je le trouvai trop intime.

Je secouai la tête. Je n'étais pas sur le point de me laisser prendre par les doutes. J'avais accepté le défi de Tristan, et bon sang, c'était lui qui avait quelque chose à prouver. Pas moi. J'ignorai les murmures qui me disaient que j'avais perdu la tête. Je le sentis s'approcher, mon Dieu, il était comme un aimant chaud pour moi, et je me retournai pour lui faire face. Je me tenais à côté de l'arche qui menait à la cuisine, où j'avais allumé une lampe. La lumière dégageait un éclat chaud. Il s'arrêta à un pas de moi, son regard planté dans le mien.

L'air me paraissait chaud, même si je savais qu'il faisait assez froid pour que je frissonne, et lourd, lourd du temps que j'avais passé à l'éviter, qui n'avait fait que me donner plus envie de lui. La peur résonnait à chaque battement de mon cœur, mais je n'allais pas abandonner. Bon sang, je n'avais connu que du sexe ennuyeux à mourir, et j'avais toujours joué le jeu pour autant. J'étais capable de tenir. Je réduisis la distance entre nous et m'accrochai à mon audace. Je plaçai ma main sur son torse et la fis passer au centre de son corps, m'arrêtant juste avant de l'enrouler autour de sa queue.

Je fus rassurée de sentir le battement fort de son cœur en passant la main dessus, et de voir la bosse que sa queue formait dans son jean quand je baissai les yeux. Au moins, je savais qu'il avait envie de moi. Je levai les yeux à nouveau. À la seconde où ils trouvèrent les siens, mon souffle se coupa et mon pouls, qui fonçait déjà, s'accéléra et une chaleur me traversa.

— Tu as quelque chose à prouver, dis-je en levant le menton.

Tristan resta silencieux quelques instants, ses yeux

scannant mon visage puis descendant. Bon sang, il lui suffisait de me regarder pour que mes tétons durcissent, comme s'ils le suppliaient de les toucher. Ses yeux retrouvèrent les miens.

— Il me semble aussi.

Sa voix joueuse me fit frissonner de chaleur, tendant mes tétons encore plus et déversant une chaleur dans mon bas-ventre. Il resta immobile, et je n'entendais plus que le battement rapide de mon cœur. L'anxiété commença à s'emparer de moi. Je ne pouvais supporter cette situation que si j'avais l'impression d'avoir le contrôle. C'était ce qui m'avait fait fuir la dernière fois. Mon corps s'effondrait face à lui. J'avais tellement l'habitude de ne ressentir rien d'autre que de vagues frissons qui terminaient en rencontres décevantes. Je n'aimais pas me demander ce que ça voulait dire que j'aie si envie de reprendre le contrôle, car j'avais peur d'être la raison pour laquelle le sexe n'était jamais un plaisir pour moi.

En un éclair, mes pensées disparurent quand Tristan réduisit la distance entre nous. Je reculai par réflexe, me cognant contre le mur derrière moi. Sa chaleur et sa force m'englobèrent. J'étais perdue entre l'envie de fuir, de fuir à quel point je le voulais et à quel point il était impossible de garder le contrôle quand il était là, et l'envie de le sentir plonger en moi. Le désir s'empara de nous comme de la fumée. Il posa sa paume contre le mur et leva l'autre main pour passer ses doigts dans mes cheveux. J'arrivais à peine à respirer, mes genoux me lâchant presque.

J'avais l'impression d'être suspendue dans cette chaleur entrainante alors que le désir me traversait par vagues et qu'il ne faisait que caresser mes cheveux. Je le dévorai du regard avec avidité. Doux Jésus. Il était trop beau pour être décrit. Ces cheveux noirs froissés, ces yeux noisette et ces traits anguleux. C'était un miracle que je ne m'écroule pas au sol. Il avait une bouche faite pour les baisers, de belles lèvres charnues. Bon sang, un homme ne devrait pas avoir ce genre de lèvres.

Nous étions trop silencieux depuis trop longtemps et mon cerveau se réveilla. Ce n'était pas bon. Je commençai immédiatement à m'inquiéter que ce bon sentiment n'irait pas plus loin une fois que j'aurais passé les éclats initiaux, que ça perdrait de son intérêt et que j'aurais l'impression d'attendre que ça se termine à nouveau. J'avais besoin de ne pas réfléchir, car réfléchir me rendait anxieuse et qu'ensuite je commençais à vouloir bouger, et qu'ensuite...

— Daisy.

La voix de Tristan m'arracha au tourbillon de ma tête. Mes yeux trouvèrent les siens.

— Arrête de réfléchir.

Son ton était un peu trop autoritaire pour moi, comme s'il pensait qu'il pouvait me donner des ordres. Dans la chaleur du moment, l'idée qu'il venait de me sortir d'un tourbillon anxieux ne me traversa même pas l'esprit.

Je lui donnai un coup de genou dans les jambes.

— Je peux penser autant que je veux.

Je me sentais cassante et perdue et je me fichais bien que ça s'entende.

Sa bouche remonta en un sourire en coin. Oh bon Dieu. C'était dangereux. Mon intimité vibra de désir. Je déglutis et me redressai. Ça eut l'effet involontaire de coller mes seins à son torse. Mes tétons trouvaient ça génial.

— Bien sûr que tu peux penser autant que tu veux. C'est juste que ce n'est ni le moment ni l'endroit.

Avant que je ne puisse trouver une réponse, il

plongea la tête et posa ses lèvres sur les miennes. Ce baiser qui datait d'un an plus tôt, celui que je n'avais jamais pu oublier? Il reprit exactement où nous l'avions laissé. Nos lèvres se trouvèrent et c'était comme si un éclair de feu nous avait engloutis. Ce baiser n'était pas doux, ce n'était pas une exploration timide, en aucun cas ce qu'on pourrait imaginer de deux personnes qui ne s'étaient qu'à peine vues et n'avaient partagé qu'un baiser. C'était chaud, humide, sauvage et maladroit. En quelques secondes, il dévorait ma bouche. Sa main se balada de mes cheveux à la base de mon cou, et son pouce fit une petite caresse au niveau de mon pouls.

Aussi brutal que fut notre baiser, il ne perdit pas le contrôle. Il s'approcha un peu plus, passant son genou entre mes cuisses. Cette petite pression sur mon centre fit monter le désir en moi. Mon corps était complètement hors de contrôle et encore une fois, je ne savais pas comment contenir l'envie sauvage qui battait en moi. À un moment, ses lèvres déposèrent une trainée chaude dans mon cou tandis qu'il caressait mes seins, son pouce faisant des allers-retours ensorcelants. Mes seins étaient lourds et douloureux, et j'étais si agitée et excitée que mes hanches se frottaient à sa cuisse.

Nous étions exactement là où nous nous étions retrouvés un an plus tôt. La seule différence était que nous n'étions pas dans la cage d'escalier d'un hôtel, mais chez moi. Les phares d'une voiture qui passait dans la rue éclairèrent la pièce à travers ma fenêtre. Soudainement, je revins à la réalité et me raidis. Tristan leva la tête. Encore une fois, au moment où ses yeux trouvèrent les miens, je me sentis nue et vulnérable, prise dans une toile d'intimité vibrante.

Il resta silencieux, l'intensité de son regard plongeant en moi. Je me mis à réfléchir. Encore une fois. Il n'en fallut pas plus pour que je ne puisse plus me détendre. Je commençai à dire quelque chose, mais il secoua la tête.

— On ne parle pas.

Encore une fois, cette autorité claire me dérangea. Ça me sortit de mes pensées et m'énerva.

— Si j'ai envie de parler, je...

Il m'embrassa à nouveau. Apparemment, les baisers de Tristan étaient une bonne façon de me faire taire. Sa langue s'enroula avec la mienne avant qu'il ne recule, attrapant ma lèvre inférieure entre ses dents et tirant légèrement dessus. Il s'appuya contre moi, et je ne sentais rien d'autre que sa queue dure et chaude, plantée dans le creux de mes cuisses.

— Tu sais, je crois que je vois le problème, murmura-t-il, ses lèvres caressant les miennes.

— Quoi ? demandai-je, ma voix perdue dans un soupir tremblant.

— Tu es très intelligente, ce que j'adore, d'ailleurs.

Un petit éclair de joie me traversa. Ça ne faisait pas de mal de voir qu'il avait remarqué que j'avais un cerveau, et que je l'utilisais plutôt bien, merci beaucoup.

— Mais comme tu es si brillante, tu réfléchis. Beaucoup. Ce qui n'est pas toujours une bonne chose.

Oh. Je vis parfaitement où il allait. Ce petit éclair disparut, et je me sentis mise à nu, et je détestais ça.

— Tu es très intelligent aussi, marmonnai-je.

Je le sentis hausser les épaules.

— Et je réfléchis trop parfois aussi.

Je savais qu'il voulait que ce commentaire m'encourage à être moins sur la défensive. Ce qui fonctionna et me rendit plus vulnérable. Pourquoi fallait-il qu'il soit gentil en plus ?

— On ne va pas coucher ensemble ce soir, murmura-t-il.

Pardon. Oh, certainement pas.

Je me penchai en arrière et le regardai.

— Oh, bien sûr que si. Tu m'as garanti un orgasme.

— Oh, tu vas jouir, mais on ne va pas coucher ensemble.

Je savais parfaitement qu'il était dur comme la pierre et prêt à sauter, donc j'étais perdue.

— Hein ?

Pas le meilleur exemple de mon intelligence.

Il recula un peu et glissa ses mains le long de mes bras, m'écartant du mur.

— Fais-moi confiance.

Chapitre Sept

TRISTAN

J'enroulai ma main sur celle de Daisy et me dirigeai vers le petit couloir au fond de son salon. Je venais de dire à Daisy de me faire confiance alors que je n'avais aucune idée du niveau de confiance que je pouvais m'accorder moi-même. Elle me faisait un effet fou. Dans des circonstances normales, j'en aurais conclu qu'il fallait que je ralentisse cette rencontre. Bon sang, je n'étais jamais tombé sur la tête au point de suggérer que je ferais jouir une femme. Je ne doutais pas que ce soit possible avec Daisy une seule seconde, l'alchimie entre nous était si chaude et prenante qu'elle m'aveuglait. C'était un fichu miracle que je n'aie pas encore explosé, alors qu'elle se frottait à ma cuisse et faisait ces petits gémissements. Je remerciais les cieux du contrôle fou que j'avais. Mais à l'instant, ce n'était pas assez, car j'aurais dû reprendre mes esprits et partir. Je ne le fis pas. Je ne pouvais pas.

Il était clair que Daisy réfléchissait trop quand il s'agissait de sexe. Je voyais presque ses pensées tourbillonner dans son cerveau. C'était l'une des personnes les plus intelligentes que je connaisse. Ce qu'on comprend vite quand on fait de la recherche académique, c'est que les gens les plus intelligents ont tendance à tout analyser et rationaliser. Jouer au foot m'avait sans doute sauvé. J'avais eu la finesse et les compétences de me lancer dans une carrière pro parce que je savais que ça me donnerait une liberté financière incomparable aux autres options. J'adorais jouer au foot, mais mon choix de carrière avait été purement pragmatique. C'était la façon dont je me perdais dans le jeu qui m'avait appris que mon intellect pouvait parfois me mettre des bâtons dans les roues. J'étais l'un des meilleurs joueurs sur le terrain quand je ne réfléchissais pas trop et que je laissais mon instinct et savoir-faire prendre le dessus.

Quand Daisy s'était collée à moi pour m'embrasser si sauvagement, j'avais eu peur de partir en flammes. Elle ne réfléchissait pas à ce moment-là. À la seconde où elle s'était mise à se poser des questions, elle s'était figée. J'adorais le sexe comme tout le monde, peut-être plus encore que la moyenne. Je n'aimais pas que ce soit compliqué et je n'aimais pas que ça se mêle à des émotions. Mais voilà que je laissais Daisy entrer dans sa chambre devant moi. Rien n'aurait pu m'arrêter, mais dans les contrées perdues de mon esprit, je savais que c'était idiot et que j'avais un désastre épique qui m'attendait si je ne faisais pas attention.

C'était pour ça que j'avais dit que nous ne coucherions pas ensemble. Peut-être que j'étais macho, mais je m'étais mis en tête que je perdrais trop du peu de contrôle que j'avais si je me laissais aller à ça ce soir.

Daisy lâcha ma main et alluma une lampe de chevet. J'observai l'espace. Son lit me faisait penser à elle, un lit à baldaquin qui arrivait presque au plafond avec des rideaux en tissu blanc. Elle avait une couverture épaisse rouge bordeaux et assez de coussins pour s'y perdre. Ça rendait un effet aussi audacieusement féminin que celui qu'elle dégageait. Elle s'avança vers moi, retirant ses chaussures en chemin.

J'espérais qu'elle ne le remarquerait pas, mais je déglutis et retins un grognement en la regardant. À un moment au milieu de notre baiser chaud, j'avais défait le nœud entre ses seins. Mes yeux tombèrent dans la vallée entre ses seins, savourant la courbe pulpeuse qui débordait du haut défait. Elle posa ses mains sur ses hanches.

— La vue te plait ? demanda-t-elle d'un ton sec.

Je secouai la tête. Contrôle. J'avais les cartes en main. Je pouvais le faire.

Elle se tenait à côté du lit. En deux pas, j'étais devant elle. Je fis exactement ce que mon corps attendait de moi et passai ma main dans ses cheveux avant de la tirer contre moi, posant ma bouche sur la sienne. Si j'avais pu l'embrasser pour toujours, j'aurais pu arrêter de réfléchir aussi. J'étais là à me dire qu'elle se posait trop de questions alors que je me débattais moi-même contre mes propres pensées. Je lui avais fait une promesse et j'avais l'intention de la tenir. Je n'étais pas prêt à admettre que je voulais la voir se perdre dans le plaisir autant que j'avais envie qu'elle le ressente.

C'était un rêve de l'embrasser. Quand nos lèvres se touchaient, elle se laissait aller sauvagement. Tout comme tout ce qu'elle faisait. Il n'y avait jamais d'hésitation. Sa langue s'empara de la mienne alors que ses mains parcouraient mon torse. Je passai une main le long de son dos vers ses fesses rebondies – bon sang, chaque centimètre de son corps était splendide – des courbes généreuses et douces qui cédaient contre moi. Je résistai à l'envie de me frotter contre elle parce que je ne savais pas si j'étais capable de garder le contrôle après ça.

Elle gémit dans ma bouche et un élan de plaisir se dirigea tout droit vers ma queue dure. Si je réussissais à garder la tête froide, je méritais un trophée ce soir. Je la levai contre moi et grognai contre sa peau quand elle enroula ses jambes autour de moi. Sa jupe s'écarta et je sentis la chaleur humide et son entrejambe contre moi.

En un éclair, je retirai son haut, trébuchant presque dessus alors que je la posais sur le lit. Elle ne réfléchissait plus, car elle était partie en folie et lançait des jurons en remontant mon t-shirt. Je ne réfléchissais pas non plus, car j'avais oublié que je voulais me concentrer sur elle ce soir, et garder le contrôle. Je l'aidai rapidement, passant la main derrière mon cou pour tirer sur mon t-shirt. Je réussis à garder le contrôle et à la poser sur le lit.

Même si j'adorais le sexe — et j'adorais vraiment le sexe —, je me trouvais dans un flou de désir, secoué par le tourment. Je n'avais pas de problème à garder le contrôle d'habitude. Je trouvais ça assez facile de gérer des amitiés distantes avec bénéfices, surtout parce que je m'assurais qu'aucune femme ne quitte mon lit sans être parfaitement satisfaite. Elles connaissaient les règles : pas d'attaches, pas d'attentes, ce n'était pas une relation. Me retrouver ici avec Daisy testait des limites que je ne me connaissais pas.

Elle portait un morceau de tissu ridicule en guise de soutien-gorge, une dentelle couleur crème qui laissait percer ses tétons roses pour venir me narguer. Avec ses cheveux blonds, elle avait une peau claire et chaque parcelle de son corps était rosie. Elle se redressa sur ses coudes et me regarda de haut en bas, en se léchant les lèvres — pour de vrai — avant de passer un doigt dans la boucle de ma ceinture. Le fait que je porte encore mon jean était sans doute la seule chose qui me sauvait.

Mais elle ne réfléchissait pas. D'ailleurs, elle me faisait complètement perdre la tête. Je n'avais jamais eu autant envie de quelqu'un. Quand elle passa sa main le long de ma queue, qui ronronnait presque, je me mis à l'action. Il fallait que je reprenne le contrôle, donc je pris ses mains dans les miennes et m'étalai sur elle, les faisant remonter au-dessus de sa tête.

Elle se tortilla sous moi et lâcha un soupir agacé. J'avais rapidement compris que l'embrasser était la meilleure façon de la faire taire, donc je me lançai dans un baiser brûlant à nous en faire perdre nos esprits. Je n'arrachai mes lèvres aux siennes que quand elle gémit dans ma bouche et je ne me laissai pas la chance de faire une pause. Bon sang, qu'elle était bonne. Je léchai, embrassai et mordis sa peau, le long de son cou, relâchant ma prise sur ses mains en descendant le long de son corps. Même si je voulais la chauffer et jouer avec la dentelle, j'avais besoin de la goûter plus que je n'avais besoin d'oxygène dans mes poumons. Avec un mouvement de pouce, son soutien-gorge s'ouvrit et ses seins pleins et ronds se libérèrent.

Je passai ma langue sur l'un de ses tétons avant de le sucer, retenant l'envie de sourire quand elle gémit et attrapa mes cheveux. Plus elle montait dans les tours, plus il était difficile de garder le contrôle, mais j'y arrivais. Je jouai avec ses tétons de mes doigts et de ma bouche. Ce n'est que quand elle balança ses hanches vers moi que je me remis en chemin, déposant des baisers sur son ventre. Elle sentait si bon, une odeur de miel avec une pointe subtile de baie. À chaque fois que je voulais prendre mon temps, je me forçais à avancer, car Daisy n'était pas en train de suranalyser les choses et il fallait que ça continue.

Je réussis à me convaincre que j'étais capable de gérer tout en passant mes doigts sur la soie mouillée entre ses cuisses. Sa culotte était aussi ridicule que son soutien-gorge, rien de plus qu'un bout de dentelle. Je me fichais bien de ce qu'une femme portait, mais bon sang, chez Daisy, tout était un coup de tonnerre langoureux. Elle était si intellectuelle et pragmatique que cet aspect si féminin me faisait bander, et je me demandais sérieusement comment j'allais survivre à cette soirée sans plonger en elle.

Je m'accrochais à mon contrôle du bout des doigts en retirant sa jupe. Elle n'était pas passive et quand je me retournai pour jeter sa jupe au sol, elle retira sa culotte et passa sa main sur mon membre. Ce n'était pas possible. J'étais vraiment à bout. Je n'attendis pas une seconde de plus et passai mes paumes sur ses cuisses avant d'écarter ses genoux. Elle avait l'air d'être sur le point de dire quelque chose, donc je détournai le regard volontairement, et me retrouvai à regarder sa chatte.

Elle était trempée et tremblante. Ses plis étaient roses et gonflés, et la mouille coulait sur ses cuisses. Bordel de merde. J'aurais dû être capable d'avoir une approche calme et objective. J'avais vu de nombreuses chattes dans ma vie. Je pris une petite inspiration et passai un doigt entre ses plis. Elle était tellement prête. Le but de toute cette torture était enfin en vue, car à ce stade, j'aurais vendu mon âme au diable pour faire jouir Daisy.

Quoi qu'elle eut envie de dire se perdit dans un long gémissement grave. J'étais peut-être sur le point de perdre le contrôle, mais son plaisir en valait vraiment la peine. Je plongeai un doigt doucement en elle, savourant les pulsations de son intimité autour de moi. J'avais envie de prendre mon temps, de faire durer la chose et de lui donner le meilleur orgasme de sa vie, mais elle me rendait la tâche impossible.

Alors que ses hanches se balançaient à mon toucher, je ne pouvais pas me retenir et la pris dans ma bouche. Elle était salée et sucrée avec une pointe d'amertume, et au moment où je commençai à l'explorer, elle s'agrippa à mes cheveux et se balança contre moi. J'oubliai tout et me laissai aller à ça, à la lécher, la caresser et la sucer jusqu'à ce que je sente qu'elle était sur le point de jouir. Ce n'est qu'à ce moment-là que je passai ma langue sur son clitoris et l'aspirai dans ma bouche. Elle jouit en un éclat bruyant, hurlant mon nom entre ses gémissements et ses cris.

Je reculai et m'appuyai sur mon coude. Elle était splendide. Ses cheveux blonds étaient emmêlés sur le lit. Sa peau brillait d'une couche de sueur et elle était rose de partout. Je ne voulais rien de plus que de retirer mon jean et de plonger en elle. Je savais qu'elle était délicieuse, serrée et mouillée, et je savais qu'elle se laisserait aller à ça autant qu'à ce qui venait de se passer. Mais je ne savais pas si j'étais capable de le supporter. Donc malgré le fait que je bandais plus dur que jamais dans ma vie, je déposai des baisers sur son ventre et m'installai à côté d'elle, attrapant quelques coussins pour m'installer.

Après quelques instants, elle ouvrit les yeux et tourna la tête de côté pour me regarder. Un simple regard me serra le cœur. Elle était à nue, et ça me frappa en plein cœur. Elle leva le menton légèrement.

— Pas mal, dit-elle d'une voix rauque.

— Pardon ?

— Je ne pensais pas que tu pouvais tenir ta promesse. Mais j'avais tort.

Je n'avais aucune idée de quoi répondre à ça, donc j'acquiesçai simplement. Je n'avais pas envie de partir. J'avais même envie de plonger en elle puis de m'endormir avec son corps généreux contre le mien.

Elle s'appuya sur un coude, roulant sur sa hanche en me regardant. Le regard sauvage dans ses yeux disparut et un air espiègle le suivit. Elle passa sa main sur ma queue.

— Tu es sûr que tu ne veux pas coucher avec moi ce soir ? demanda-t-elle avec un sourire joueur.

Je n'étais sûr de rien, mais j'étais capable de bluffer.

— Oui.

Elle se mordit la lèvre et haussa les épaules.

— C'est idiot.

Ça l'était vraiment. Je n'étais pas prêt à avouer que c'était simplement pour me préserver à ce stade, donc je haussai les épaules à mon tour.

— C'était juste pour toi ce soir.

Je le pensais, mais je n'avais pas prévu que mes mots aient une telle portée. J'avais pris son plaisir plus à cœur que celui de n'importe quelle autre femme. Ce n'était pas juste pour elle, c'était le plaisir de partager cette expérience avec elle.

C'était juste un orgasme. C'est tout. Un rassemblement de terminaisons nerveuses répondant à un stimulus.

Maintenant, elle en a vécu un avec un homme. Tu peux passer à autre chose. Ne donne pas à cette histoire plus d'importance qu'elle n'en a.

À la seconde où ces pensées me traversèrent la tête, je me projetai. Maintenant, il fallait qu'elle jouisse pendant l'acte. Ce n'était que justice. Mais je ne pouvais pas dépasser cette limite. Il me fallait plus d'armures pour ça, ou j'avais peur de perdre ma capacité à sortir mes émotions de l'équation.

Ses grands yeux marron me regardaient, mais elle ne disait rien. Après un instant, elle sourit à nouveau et se redressa, croisant les jambes et posant ses coudes sur ses genoux. Elle était adorable.

— Eh bien, je ne t'accuserai jamais d'être égoïste, annonça-t-elle.

Non, pas après ça.

— Je crois que je veux un dessert.

Elle se leva du lit et attrapa une robe de chambre accrochée à la porte avant de traverser le couloir.

Chapitre Huit

DAISY

Je me tenais devant l'entrée de l'aile de recherche de l'hôpital en essayant de rassembler mon courage. Je ne savais même pas si Tristan était là aujourd'hui. La dernière fois que je l'avais vu, c'était quand il était parti de chez moi après m'avoir fait monter au septième ciel quelques nuits plus tôt. J'étais agitée et sur les nerfs, vibrant encore de l'énergie folle que le meilleur orgasme de ma vie me procurait. Je ne cessais de repenser à cette nuit dans ma tête, du diner génial que nous avions passé jusqu'à ses mains et sa bouche sur chaque centimètre de mon corps. Je n'avais aucune idée de pourquoi j'avais quitté ce lit pour manger ce dessert au chocolat que nous avions ramené du restaurant. Le dessert lui-même avait été délicieux. Mais Tristan avait utilisé ce moment pour couvrir son torse de dieu avec son t-shirt et partir. Je me demandais encore si j'avais raté une chance énorme, juste parce que j'étais trop anxieuse pour rester en place.

Sérieusement, mon corps avait été électrifié par une overdose de sensations. J'avais presque jubilé en découvrant que je n'étais pas incapable de jouir avec un homme. Nous n'avions pas encore couché ensemble après tout, mais mes dernières tentatives de relations sexuelles m'avaient donné envie de hurler d'ennui. C'était devenu si mécanique que ça me déprimait.

Bref, mon esprit était parti dans tous les sens depuis notre rendez-vous. Je savais que je me posais trop de questions, mais je semblais incapable de m'arrêter. Tristan avait été joueur et amical, mais j'avais senti un petit mur s'installer entre nous avant qu'il ne parte. Je me demandais encore pourquoi il avait insisté pour qu'on ne couche pas ensemble. Je savais de source sûre, ses amis, qu'il n'était pas timide à ce sujet. J'avais fait quelques recherches légères dans les jours qui avaient suivi pour voir ce que je pouvais découvrir d'autre sur sa vie romantique actuelle.

Zoe Lawson était sans doute ma meilleure piste, étant donné qu'elle était fiancée à Ethan Walsh, l'ancien colocataire de Tristan et son meilleur ami. Mais je n'avais pas eu l'occasion de voir Zoe ces derniers jours. J'avais dû me contenter de quelques questions bien posées en prenant un café avec Olivia et Harper et je n'avais obtenu quasiment rien que je ne savais pas déjà. Tristan était très discret et voyait différentes femmes de temps en temps qu'Olivia décrivait comme des « entretiens ».

« Parce qu'il n'est pas du genre à se mettre en couple. Mais attends, quand ce gars-là tombera amoureux, ce sera épique », avait-elle dit avec un rire.

J'avais tellement d'autres questions, mais je n'avais aucune envie de leur faire penser qu'il s'était passé quelque chose entre Tristan et moi. Rien que ça me rendait folle. J'étais une personne ouverte. J'avais même raconté à tout le monde que je cherchais l'amour de ma vie, en sautant d'un rendez-vous à un autre. Ce que je n'avais pas choisi de partager était à quel point c'était devenu décevant. J'avais vu Olivia tomber amoureuse, puis Harper, et puis une fois qu'Ethan avait ramené Zoe dans notre monde, ça m'avait fait me sentir encore plus à l'écart. J'étais très heureuse pour eux tous. Réellement. Je commençais à avoir l'impression que ça n'avait pas été la meilleure idée du monde d'être aussi honnête sur ce que je voulais, donc j'en parlais moins ces temps-ci.

Maintenant qu'il s'était passé cela avec Tristan, il fallait que je reste alerte. Du sexe et rien de plus. Et encore, si ça se trouve, ce n'était même pas le cas. Il avait prouvé ce qu'il voulait prouver. Peut-être que c'était tout ce que j'avais besoin de savoir pour ressentir cette envie et cette alchimie brûlante avec quelqu'un d'autre.

Ouais, c'est ça. Même pas. C'est quelque chose qui n'arrive qu'une fois dans la vie ce genre d'alchimie.

Ouais, mais...

Mais quoi ? Passe à autre chose. Si tu continues à vouloir Tristan, tu vas finir le cœur brisé.

C'était là le problème. J'avais tellement envie de lui. Je voulais la chance d'en avoir plus. Parce qu'il me plaisait. Il me plaisait vraiment beaucoup. Mais je ne pouvais pas être stupide.

— Je peux vous aider, mademoiselle ?

Une gentille voix de femme m'appela de côté et je me tournai pour regarder dans cette direction. Une vieille femme s'avançait vers moi. Elle était ronde de partout avec de grands yeux bleus, des joues douces que j'avais envie de pincer et un sourire géant. Elle arriva à mon niveau et s'arrêta. Sur son badge était écrit : « Mandy, guide bénévole ». Elle devait supposer que j'étais perdue. Je l'étais en quelque sorte, étant donné que je me tenais là depuis une éternité. Je savais exactement depuis combien de temps j'hésitais, et ça faisait presque dix minutes.

Moi qui me dépêchais toujours d'aller partout, je me tenais au milieu d'un couloir d'hôpital à regarder dans le vide en pensant à Tristan Wells. Que Dieu me vienne en aide. Je me forçai à sourire poliment à Mandy, m'agrippant à mon téléphone et bougeant la main d'avant en arrière.

— Oh, non. Je regardais juste mes mails. Je sais où je vais. Merci.

Mandy sourit à nouveau et pencha la tête sur le côté, un regard perspicace scannant mon visage.

— Vous êtes sûre que ça va ?

Oh, doux Jésus. Bordel de cul de canard. Je ne savais pas pourquoi, mais c'était toujours ce que je disais dans ma tête quand j'étais gênée. Évidemment, il fallait que je garde cette pensée ridicule pour moi. Pourquoi fallait-il que je sois un livre ouvert ?

Reprends-toi, Daisy. Ne laisse rien paraitre.

Je creusai au plus profond de moi et écartai la confusion de mon esprit. J'allais être courageuse et j'allais arrêter de m'inquiéter pour tout ça. Je pouvais secouer Tristan tout autant qu'il me secouait. Je souris joyeusement à Mandy.

— Oui, je vais bien, mais merci d'avoir posé la question.

Heureusement, la radio de l'hôpital appela quelqu'un au service des urgences et Mandy me fit un petit signe de main avant de se dépêcher de partir. Je me préparai mentalement et passai la porte de l'aile de recherche. Chaque pas dans ce couloir qui menait au bureau de Tristan, j'essayais de me souvenir de son arrogance. Quand j'arrivai devant sa porte, j'étais très agacée et pas du tout gênée de ce qui s'était passé entre nous. Je frappai rapidement à la porte et entrai sans attendre.

Tristan avait le dos tourné. Ses hanches étaient appuyées sur son bureau et il était au téléphone. Il ne semblait pas m'avoir entendue entrer, donc je refermai silencieusement la porte derrière moi. Bon sang. Même son dos était sexy. Je voyais tous les muscles tendus à travers sa chemise alors qu'il levait une main et la passait dans ses cheveux. Oh, et avais-je dit qu'il avait un cul d'enfer ? Chez les hommes, c'était une partie du corps qu'il était facile d'oublier. Mais Tristan était tout en muscles, et son cul était ferme. Le fait de le voir torse nu l'autre nuit n'avait pas aidé, car j'avais souvent fantasmé depuis à ce à quoi le reste de son corps pouvait ressembler.

J'étais vraiment foutue.

Il continua de parler à la personne qu'il avait au téléphone, et je me dis qu'il fallait peut-être que je parte. Même si je n'étais pas entrée pour écouter sa conversation, ça paraissait étrange de rester. Je commençai à faire demi-tour quand mes oreilles brûlèrent au nom d'une femme.

— Renée, non. Je n'ai pas envie, et je ne vais pas m'expliquer. Je n'ai jamais accepté d'arriver dès que tu claques des doigts.

Le ton de Tristan était ferme et presque agacé. Si j'avais été Renée, ça m'aurait énervée. Il hocha la tête à ce qu'elle disait puis lui dit au revoir avant de jeter son téléphone sur le bureau.

— Putain, marmonna-t-il en passant sa main dans ses cheveux et en se retournant vers la porte.

J'avais encore la main enroulée sur la poignée et je me figeai, sentant mes joues rougir instantanément quand ses yeux trouvèrent les miens. On se regarda quelques instants puis il plissa les yeux.

— Tu entres dans les bureaux des gens sans frapper d'habitude ? demanda-t-il.

— J'ai frappé ! Je te jure. Quand tu n'as pas répondu, je suis entrée, puis... Eh bah, tu étais au téléphone et j'étais sur le point de partir, expliquai-je rapidement, très énervée que ce petit moment ait cassé la confiance en moi que j'avais rassemblée avant d'arriver.

Quelle que soit la gêne entre Tristan et moi, je n'étais pas malpolie et en temps normal, j'aurais fait demi-tour en remarquant qu'il était au téléphone. Mais ma curiosité avait pris le dessus.

Il soutint son regard pendant un moment de plus puis haussa les épaules.

— D'accord.

Un autre silence passa, puis il s'avança vers la fenêtre et posa ses hanches contre le rebord de la vitre, enroulant ses mains sur le bois. Son bureau avait une superbe vue de l'horizon de Seattle, avec la Space Needle d'un côté et le Puget Sound au loin.

— Alors, qu'est-ce qui t'amène ici aujourd'hui ?

Son ton était léger et parfaitement calme, aucune indication du fait qu'il m'avait presque achevée dans mon lit quelques nuits plus tôt. D'accord, eh bien, je pouvais jouer au même jeu. J'allais faire comme s'il ne s'était rien passé.

— J'ai envoyé un mail hier après-midi. On vérifie les données toutes les semaines, une fois que les patients commencent à prendre part à nos études, dis-je de façon directe.

— Ah, oui sans doute. Je n'ai pas encore rattrapé tous mes mails de la veille, donc j'ai forcément raté celui-là. Désolé. Veux-tu qu'on mette en place un rendez-vous régulier, du coup ?

Il ne bougea même pas de sa place. Son regard soutint le mien, poli et amical. Rien de plus. Je commençai à être agacée. Je pouvais peut-être jouer à ce jeu, mais je voulais que ça le dérange autant que moi.

Je sortis mon téléphone de mon sac à main et ouvris mon calendrier.

— Oui, faisons comme ça. On peut dire les jeudis à 15 h ?

Quand il ne répondit pas, je levai la tête. Il était toujours au même endroit et n'avait pas fait un seul geste vers son calendrier. Ses yeux noisette étaient plantés dans les miens et l'air entre nous prenait vie. C'était comme s'il y avait un courant électrique qui nous connectait d'un bout à l'autre de la pièce. Je l'ignorai, même si mon ventre se nouait et que mon centre palpitait. Je m'endurcis. Je n'allais pas être la première à détourner le regard.

Après un moment trop long et gênant, il hocha la tête.

— Ça marche.

Je remerciai les dieux de me donner un moment de répit, car j'avais déjà inscrit la date dans mon calendrier et n'avais plus assez d'espace mental pour la changer. Je cliquai sur sauvegarder sans regarder et remis mon téléphone dans mon sac avant de me diriger vers la petite table ronde près des fenêtres, sans jamais éviter son regard.

— Donc on peut aussi faire ça maintenant, ça te va ? demandai-je en m'arrêtant à côté de la table, posant ma main sur le dos d'une chaise qui la bordait.

— J'imagine que je n'ai pas le choix, non ? contra-t-il avec une lueur dans les yeux.

J'espérais qu'il ne voyait pas à quel point je m'agrippais à cette chaise. Même s'il avait un ton poli, je sentais bien qu'il essayait de m'énerver. Je n'avais aucune intention de lui montrer qu'il y arrivait très bien. Honnêtement, je ne savais pas si c'était lui ou moi. Ça n'avait pas d'importance. Je survivrais à cette réunion et on parlerait des données de recherche pendant que je prierais que la froideur du sujet m'aide à ne pas mouiller ma culotte plus qu'elle ne l'était déjà.

Chapitre Neuf

TRISTAN

Je restai là où je pouvais m'accrocher au bord de la fenêtre, comme si ça pouvait me sauver. Merde. J'étais vraiment fichu. Daisy avait débarqué de nulle part, et la seule chose à laquelle j'arrivais à penser était à verrouiller la porte pour terminer ce qu'on avait commencé l'autre nuit. Elle était à couper le souffle. Ses cheveux blonds étaient remontés en une espèce de tresse aujourd'hui. Ça ne faisait que me donner envie de les détacher pour passer mes doigts dedans et l'embrasser jusqu'à ce qu'elle gémisse dans ma bouche à nouveau.

Elle portait une jupe bleu marine moulante qui embrassait ses hanches et était plus lâche au niveau des genoux. Elle portait cela avec un chemisier blanc cintré et des talons bleu marine. Comme d'habitude, elle avait l'air parfaitement professionnelle, même si sa jupe était légèrement aguicheuse et que le bouton entre ses seins était tendu. Maintenant que je savais qu'elle aimait la lingerie en dentelle, ça ne m'aidait en aucun cas à ne pas imaginer ce qui se tenait derrière le tissu blanc. Danger, danger. Si je continuais à la fixer du regard, j'allais me mettre à bander encore une fois.

J'avais quitté son appartement avec une érection folle. J'étais rentré chez moi et j'avais sauté dans la douche où je m'étais branlé en repensant à sa chatte qui dévorait mes doigts et à son visage après l'orgasme, rose et rougi, alors que tout son corps prenait de la couleur, et qu'une intervention divine avait sans doute été ce qui m'avait arrêté de plonger en elle. Dieu soit loué, elle s'était levée et habillée d'une robe de chambre pour manger son dessert. Sinon je n'aurais jamais réussi à la quitter. En l'état actuel des choses, je comptais ça parmi les choses les plus difficiles de toute ma vie.

Mon soulagement manuel peu de temps après ne m'avait qu'à peine soulagé de mon désir pour elle. Je m'étais réveillé le lendemain matin avec la queue à nouveau dure comme la pierre, après un rêve fou à propos d'elle. Je ne me souvenais honnêtement pas de si j'avais déjà rêvé d'une femme. Si oui, je n'en avais aucun souvenir. D'habitude, j'étais un homme rationnel. Daisy faisait de moi l'inverse. Alors que la partie rationnelle de mon cerveau disait qu'il était peut-être temps de ralentir sur l'idée folle de faire quoi que ce soit avec elle, une autre partie de moi, bien plus bête, n'avait peur de rien. Je désirais Daisy comme un fou. J'avais besoin d'elle. J'étais prêt à tout pour me la sortir de la tête. Je me disais que brûler avec elle me permettrait de reprendre mes esprits.

Je n'avais qu'à peine pu cesser de penser à elle ces derniers jours et c'était un vrai soulagement d'avoir enfin reçu l'appel disant que j'avais le droit de m'entrainer avec l'équipe à nouveau. J'avais besoin d'un entrainement rigoureux pour rester sain d'esprit. Je me demandai brièvement ce que Daisy avait entendu en entrant dans mon bureau. Pas grand-chose, car je n'avais presque rien dit. Elle ne savait pas que toute cette conversation était à cause d'elle. Renée était l'une des femmes que je voyais occasionnellement. Je la voyais de temps en temps depuis un an. Jusqu'au lendemain de mon diner avec Daisy, Renée ne m'avait jamais mis la pression. On se voyait une ou deux fois par mois, à moins qu'elle voie quelqu'un d'autre. Je ne dirais pas que nous sortions ensemble. Nous dinions ensemble une fois de temps en temps avant une partie de baise. C'était tout. Elle m'avait appelé l'autre jour et je n'arrivais pas à imaginer la baiser, donc j'avais dit que j'étais occupé.

Je ne m'étais jamais demandé comment Renée réagirait parce que je n'avais jamais eu de raison de dire non auparavant. Et elle m'avait appelé tous les jours depuis, et commençait à être bien trop insistante. C'était entièrement la faute de Daisy parce que maintenant que je l'avais goûtée, je ne voulais personne d'autre. Je tournais en rond dans ma tête pour essayer de trouver comment gérer ce problème. J'avais un plan vague, basé uniquement sur le fait qu'elle s'était toujours ennuyée au lit. J'allais m'assurer qu'elle jouisse de toutes les façons imaginables et dont elle ait envie avant de mettre fin à cette folie. Ça devrait me la sortir de la tête et rattraperait tout ce qu'elle avait raté jusqu'ici.

Je n'étais pas arrogant quand il s'agissait de sexe, du moins je ne pensais pas. Je savais simplement que je n'étais pas égoïste et que je m'assurais que toutes les femmes repartent de notre rencontre parfaitement satisfaites. Une voix lointaine murmura quelque chose dans mon esprit. Elle murmurait depuis des jours. Le plaisir de Daisy était autre chose pour moi. J'avais besoin de le voir. Ce n'était pas simplement pour lui faire du bien. J'en avais plus envie que je voulais mon propre orgasme, ce qui était fou et aurait dû me faire prendre la fuite à toute vitesse.

Mais je n'avais aucune intention de faire ça.

Donc je relâchai doucement ma prise sur le rebord de la fenêtre et m'avançai vers elle. Quand mon regard se baissa pour tirer sa chaise, je remarquai que ses doigts étaient blancs là où sa main tenait le dossier. Une pointe de soulagement me traversa. Peut-être qu'elle était dans le même état que moi.

Son odeur, de miel et de baies, arriva jusqu'à moi et je résistai à l'envie de déposer un baiser sur la peau douce qui joignait son cou et son épaule. Je tirai sa chaise et lui fis signe de s'asseoir.

— Tu as besoin de quelque chose à boire ? demandai-je alors qu'elle s'installait sur sa chaise.

Mes yeux, qui avaient un esprit propre quand il s'agissait de Daisy, ne purent s'empêcher de remarquer que sa jupe remonta légèrement sur ses cuisses.

— Si tu as de l'eau, ce serait super.

En deux secondes à peine, j'avais oublié que j'avais posé la question. Sa réponse me sortit de mes fantasmes sur ses cuisses enroulées autour de mes hanches.

— Bien sûr. Je vais te chercher ça.

Je me retournai et me dirigeai rapidement vers le comptoir qui longeait le mur derrière mon bureau. Ce n'était pas techniquement mon bureau. C'était le bureau du docteur Horton, mais il était assez généreux pour me permettre de l'utiliser pendant quatre mois, puisque j'avais accepté de le remplacer en tant que directeur de recherche pendant qu'il voyageait. Il avait un petit frigidaire sous le comptoir. J'attrapai deux bouteilles d'eau et revins à la table, posant une bouteille devant elle et m'installant en face.

— Donc, qu'est-ce qu'on regarde d'habitude pendant ces réunions ? demandai-je.

Daisy sortit sa tablette de son sac à main et cliqua sur l'écran plusieurs fois avant de la tourner vers moi.

— J'aime bien m'assurer qu'on est sur la même longueur d'onde avec ce qu'on voit de notre côté. Pour l'instant, on dirait que le docteur Horton a fait des entretiens préliminaires avec 45 patients avant de partir en congé, et que 30 de plus ont été interviewés depuis que tu es arrivé. Même si notre système communique avec celui de l'hôpital, je préfère m'assurer que tout est cohérent avec ce que tu as semaine par semaine. Au-delà de ça, on aime bien vérifier toutes les semaines ce qui change dans le monitoring, les tendances dans les données recueillies et bien sûr les problèmes habituels tels que l'évolution clinique des patients, l'amélioration des symptômes et les effets secondaires.

La demi-heure qui suivit fut assez simple à vivre. Comme je l'avais imaginé, il était très agréable de travailler avec Daisy. Elle posait beaucoup de questions, était brillante et aimait analyser les données. Quand on eut terminé, j'avais réussi à oublier à quel point elle était excitante.

Elle rangea sa tablette et me regarda à nouveau.

— Eh bien, si on continue comme ça, tout devrait bien se passer. Le docteur Horton est super, mais tu es un peu plus organisé que lui, dit-elle avec un petit sourire et un haussement d'épaules.

— Ah, oui, il est un peu tête en l'air, mais c'est l'un des meilleurs médecins que je connaisse.

— Bien sûr. C'est pour ça que j'adore travailler avec lui. Bref, c'est ce qu'on fait chaque semaine. Y a pire, non ?

Je hochai la tête et fis tourner en rond sur la table

la bouteille d'eau que j'avais presque vidée. Maintenant que nous n'étions plus focalisés sur nos données de recherche, mon corps s'était remis sur la fréquence Daisy. Je la regardai alors qu'elle prenait une longue gorgée d'eau. Bon sang. Avec ses lèvres enroulées autour du goulot de la bouteille et la peau douce de son cou si exposée, mon esprit partit dans deux directions : ce que ça ferait d'avoir ses lèvres posées sur ma queue et le souvenir vif du goût de sa peau. Elle posa la bouteille et passa sa langue sur sa lèvre inférieure, attrapant la dernière goutte d'eau.

Le désir me traversa, me faisant bander immédiatement. J'eus une conversation rapidement avec ma queue, une tentative faible de la calmer. Normalement, je serais debout pour la raccompagner à l'instant. Ou plutôt, si c'était n'importe qui d'autre dans cette situation. Mais si je me levais, mon excitation serait évidente, donc je restai là où j'étais, ordonnant à mon corps de se reprendre.

Puis elle se leva, rassemblant ses affaires et passant son sac sur son épaule. Sa jupe s'accrocha au bras de la chaise, la remontant juste assez haut pour que je voie sa culotte en soie crème juste un instant et la courbe ronde de ses fesses. Elle ne sembla pas le remarquer et attrapa sa bouteille d'eau en s'éloignant.

La chaise se renversa, entrant dans ses jambes et la faisant trébucher.

— Oh mon Dieu, je n'avais même pas... s'exclama-t-elle en reprenant son équilibre.

Je me levai et fis le tour de la table en deux pas, la rattrapant par le bras. Bien sûr, je n'avais pas réfléchi et quand elle leva la tête vers moi, je réalisai que nous n'étions qu'à quelques centimètres de distance. Ses yeux se heurtèrent aux miens. Pendant un instant, on se fixa simplement du regard. Le son de son souffle se coupant me rappela de force que j'étais dur et chaud pour elle.

On resta figés sur place, ma main sur son bras. Après un moment tendu, elle détourna le regard, les joues rougissantes.

— On dirait que je trébuche dès que je suis là, dit-elle avec un petit rire.

Pendant une seconde, je ne compris pas puis je me souvins qu'elle nous avait tous les deux fait tomber au sol quand je l'avais croisée dans le couloir la semaine dernière.

— J'ai l'impression.

Je me forçai à lâcher son bras et à la dépasser pour relever la chaise que sa jupe avait accidentellement fait tomber. Seule Daisy pouvait porter une jupe, volante et aguicheuse, qui ferait tomber une chaise.

Je fis attention, peut-être trop attention, à redresser la chaise et à la remettre en place avant de me tourner vers elle. Elle n'avait pas bougé et nous étions encore si proches. Je n'étais pas souvent gêné devant une femme. Je ne savais même pas si ce que je ressentais à l'instant pouvait être décrit comme de la gêne. Le problème était que j'avais tellement envie de Daisy, que je ne savais pas du tout quoi en faire. Je ne voulais pas qu'elle se trompe sur quoi que ce soit entre nous, mais je n'étais pas certain que ce soit si léger que ça. J'aimais que ma vie sexuelle se limite à un petit coin propre de ma vie. Je voyais ça comme je voyais tout le reste : quelque chose d'agréable auquel j'accordais parfois du temps. Rien de compliqué.

Et certainement pas un désir brûlant pour une femme avec qui je voulais bien plus que du sexe. Mon cerveau et mon corps étaient en guerre l'un contre l'autre sur Daisy, au point où ma seule solution était d'ignorer le conflit. À l'instant, il ne semblait pas y avoir de solution. À moins que je veuille partir immédiatement.

Je décidai d'ignorer les tourbillons de ma conscience sur le futur. J'avais envie de Daisy, et je savais qu'elle avait envie de moi. Bon sang, l'alchimie entre nous aurait pu mettre le feu à toute la pièce. En m'accrochant fermement à mon contrôle, je la regardai.

— Peut-on diner ensemble encore une fois ? demandai-je.

Mince. Ma bouche n'était pas en avance sur ma tête, d'habitude.

Les grands yeux marron de Daisy me fixèrent un instant. C'était un acte de volonté pure de ne pas baisser les yeux vers ses seins. Pendant un instant, je ne savais pas ce qu'elle répondrait. Puis elle acquiesça.

— Oui. Quand et où ?

— Ce soir et où tu veux.

Un sourire en coin étira son visage.

— D'accord. Je vais devoir réfléchir au lieu. À quelle heure ?

Sa réponse me redonna un peu d'équilibre. Le simple fait de savoir que nous aurions une autre nuit ensemble me soulagea.

— Je viendrai te chercher à 18 h.

Elle hocha la tête et se détourna, se dirigeant vers la porte. Je la suivis et attrapai sa main juste avant qu'elle n'y arrive. Je ne faisais que suivre mon instinct et je la tirai contre moi, glissant ma main sur la courbe de son dos, vers ses fesses. Je grognai presque en sentant la chair douce. Elle écarquilla légèrement les yeux, et je sus qu'elle sentait chaque centimètre de ma queue plantée au sommet de ses cuisses.

Je n'attendis pas et je posai ma bouche sur la sienne. Elle n'hésita pas, ouvrant la bouche et soupirant dans notre baiser. J'eus besoin de me forcer pour ne pas faire durer ce moment trop longtemps, quelques caresses contre sa langue, puis je reculai.

— Ce soir. À 18 h.

Elle hocha la tête et se retourna, sortant rapidement de mon bureau. Je m'appuyai contre l'ouverture de la porte et me délectai de chaque mouvement de ses hanches alors qu'elle traversait le couloir. Je n'arrêtai de la regarder que quand elle prit un tournant.

Chapitre Dix

DAISY

Je fis tourner ma petite voiture compacte vers une place de parking devant mon bureau et je restai assise là. Mon canal palpitait et je sentais la mouille entre mes cuisses. J'avais complètement perdu la tête. Je ne savais pas comment j'avais survécu à cette réunion avec Tristan sans passer par-dessus la table pour le chevaucher. Il avait été complètement calme, concentré et cool. Au point où je m'étais sentie ridicule de voir à quel point il me faisait de l'effet. Je n'aurais pas dû penser comme ça, mais j'étais tellement soulagée d'être presque tombée et qu'il se soit levé pour m'aider. La bosse de sa queue était parfaitement visible, marquée contre son pantalon de travail noir. Il était habillé de façon plus formelle que ce que j'avais l'habitude de voir chez lui. Et je devais admettre que ça me plaisait. Bon sang, son corps de dieu habillé d'un pantalon noir et d'une chemise, ça m'avait donné envie de lui arracher ses vêtements.

Peut-être que tu devrais arrêter de penser à lui. Tu as deux autres rendez-vous cet après-midi, et tu ne peux pas rester assise là, mouillée et excitée.

C'était vrai. Il fallait que je me reprenne. Je bus la dernière gorgée de ma bouteille d'eau froide et me dépêchai de retourner travailler. Je survécus à deux réunions de planning de plus puis me dirigeai vers mon bureau pour répondre à tous mes mails avant de terminer ma journée. J'étais la chercheuse médicale responsable de la branche de Seattle d'une compagnie pharmaceutique. J'adorais mon boulot. Pendant toutes mes années d'étude de médecine, j'avais su que je voulais faire de la recherche. J'adorais les données et je voulais faire partie de l'innovation. J'avais eu beaucoup de chance en trouvant ce poste au sein d'une compagnie avec une réputation irréprochable dans le domaine de la recherche médicale, une chose difficile à trouver chez les compagnies pharmaceutiques. On se focalisait sur les vaccins et les médicaments vitaux.

Je venais de terminer quand quelqu'un frappa à ma porte. Je dis à mon invité d'entrer.

— Salut, salut, dit Bradley Connors dès qu'il passa la porte.

Je fermai ma boite mail et fis pivoter ma chaise pour le regarder. Bradley s'appuya contre l'encadrement de ma porte avec un sourire. C'était un ami et également le gars avec qui j'avais essayé d'avoir une relation légère, ce qui s'était révélé être très décevant. Je m'étais dit qu'on s'amuserait bien, car Bradley était drôle, charmant et beau garçon avec ses boucles brunes toujours froissées, ses yeux sombres et son côté aventurier. Nous n'en avions jamais parlé, mais après quelques « rendez-vous » où nous avions profité des soi-disant bénéfices de cette amitié, j'avais décidé que je préférais qu'on reste amis, sans les bénéfices. Je n'avais pas eu envie d'en parler parce que je n'aurais pas eu d'autre choix que de lui expliquer qu'il m'ennuyait profondément au lit, ou me demander s'il y avait quelque chose qui ne tournait pas rond chez moi et qui faisait que j'étais incapable de me détendre ou de m'amuser.

— Hé, comment ça va ? demandai-je en attrapant un stylo pour le faire tourner entre mes doigts.

— Ça va, ça va. Et toi ?

— Super occupée, comme toujours.

— Je me demandais si tu voulais aller diner ce soir, ou boire un coup ?

Je le regardai et je sentis qu'il espérait que ce serait bien plus que ça. Après qu'on avait doucement mis fin aux choses la dernière fois, il s'était mis à faire des galipettes avec une autre femme de la compagnie.

— Pas de plans avec Sara ? contrai-je.

Bradley secoua la tête avec un lent sourire.

— Nan. Elle se fait une fausse idée.

— À propos de quoi ? demandai-je, honnêtement curieuse.

— Tu me connais, Daisy. J'aime bien rester dans la légèreté. Elle veut plus que ça.

Ah ! Alors Bradley espérait que je reprenne mon rôle, que je n'avais occupé que deux ou trois fois sur plusieurs mois. À l'instant, l'idée me dégoutait. Ce n'était rien qu'un aspect pratique pour Bradley. Je ne pensais pas que c'était un connard, ou même qu'il essayait d'utiliser qui que ce soit. Il cherchait juste quelqu'un qui voulait ce qu'il cherchait.

Mon esprit revint à ce que ça m'avait fait d'être avec Tristan l'autre soir. Rien que cette brève pensée me serra le ventre. L'idée d'essayer quoi que ce soit avec Bradley maintenant me paraissait impossible. Tristan me ruinerait sans doute, rendant tous les autres hommes fades. Je n'aurais pas dû m'inquiéter de ça, mais ça m'inquiétait. Juste assez pour me convaincre de ne pas essayer d'aller plus loin avec lui.

Je regardai Bradley.

— Tu es toujours honnête, il faut l'avouer, dis-je avec un petit rire.

Il me lança un sourire qui se voulait sans doute charmant.

— Alors ?

— J'ai autre chose de prévu ce soir. Et tu peux continuer à me ranger dans la catégorie amie sans plus.

Il haussa un sourcil et haussa les épaules.

— Ça marche. Tu vois quelqu'un, donc ?

Bradley était simplement très direct. C'était un gars correct et il serait sans doute plutôt content pour moi si je lui disais que oui. J'avais envie de dire oui, mais je ne savais pas comment définir ce que je faisais avec Tristan, alors je haussai les épaules.

— En quelque sorte. C'est le début, donc ne va pas raconter ça à qui que ce soit, OK ?

Il se calma, ses yeux étudiant mon visage.

— Tu es une femme fantastique, Daisy. N'importe qui serait chanceux d'être avec toi. Si je cherchais quelque chose de sérieux, tu aurais besoin de me repousser à coups de batte, dit-il d'un ton complètement sérieux.

Ça me surprit. Je ne savais pas ce que j'attendais, mais ce n'était vraiment pas ça.

— Merci. Je crois ?

— Je suis vraiment sérieux. T'es géniale, donc assure-toi que si c'est le bon gars, qu'il te traite correctement. Sinon, je lui remettrai les idées à l'endroit.

Sur ses mots, il me dit bonne soirée et partit. La porte de mon bureau se referma derrière lui et je restai assise en me demandant quoi penser. Était-ce si évident que j'espérais quelque chose avec Tristan ?

Euh, tu es complètement gaga, donc oui, probablement.

J'étais tellement fichue. Une partie de moi, une

très grosse partie de moi, avait peur que je sois en train de me mettre dans une situation horrible avec Tristan. Mais même s'il me brisait le cœur, ce qui allait certainement arriver si mes informations sur lui étaient justes, je ne voulais pas rater le meilleur coup de ma vie. Il m'avait déjà offert le meilleur orgasme de ma vie.

———

— Alors, quand est-ce que tu pourras rejouer ? demandai-je en regardant Tristan assis de l'autre côté de la table.

On était installés sur deux banquettes dans un autre nouveau restaurant, un restaurant grec cette fois, appelé Apollo. Il y avait des statues et tableaux de dieux grecs partout dans la salle. C'était un peu kitsch, le sel et le poivre étaient en forme d'Apollon, mais la nourriture était délicieuse, tout comme l'annonçaient les journaux locaux. Je pris une gorgée de vin et le regardai.

Tristan était si beau que je mourais d'envie de le lécher. Comme toujours, ses boucles noires étaient un peu froissées. Il portait un simple t-shirt bleu foncé, qui mettait en valeur son torse parfait, et un jean usé qui épousait les muscles de ses jambes. J'avais décidé ce soir qu'il avait les plus beaux avant-bras de tous les temps.

Avant-bras. Ses avant-bras m'excitaient. Que Dieu me vienne en aide.

— J'ai enfin eu le droit de retourner à l'entrainement la semaine dernière, donc je jouerai au début de la saison, répondit-il avant de prendre une gorgée de sa bière.

Je le regardai, presque transfigurée à la vue de sa

gorge et me rappelant la magie de sa bouche sur mon corps l'autre soir.

Concentre-toi, Daisy. Concentre-toi. C'est à ton tour de dire quelque chose.

— Tim t'a dit que tout était bon, donc ?

Je parlais de Tim Maxwell, un kiné qui travaillait avec la plupart des athlètes qui passaient dans la clinique chirurgicale de l'une de mes meilleures amies, Olivia Reed. C'était une chirurgienne orthopédique incroyable. Une fois qu'elle avait terminé la partie chirurgicale, elle transférait les athlètes à Tim qui leur donnait des ordres pendant toute leur rééducation. Tim était aussi un bon ami à nous.

Tristan posa sa bière et ses lèvres formèrent un sourire.

— Ouais, Tim a dit que tout était bon. Il ne m'a pas rendu la tâche facile, mais il m'a enfin donné le droit de recommencer à jouer la semaine dernière. Je vais continuer à travailler avec lui pendant quelques mois. Le coach veut que je fasse très attention à mon genou et il se dit que Tim ne me laissera pas faire de bêtises.

— C'est surtout que Tim n'hésitera pas à te faire la remarque si tu essaies de l'ignorer.

Tristan leva les yeux au ciel.

— Ça, c'est sûr. Je me moque de lui avec ça, mais je lui fais tellement confiance à propos de mon genou. C'est difficile à croire, mais je me sens même plus fort qu'avant ma déchirure de la saison dernière. Tim sait vraiment ce qu'il fait dans la rééducation.

— Eh bah, il bosse avec l'une des meilleures chirurgiennes, donc en effet.

J'étais super fière d'Olivia et je ne ratais jamais une occasion de le dire.

Tristan sourit à mon commentaire.

— Bien sûr, rien de tout cela ne serait possible sans Olivia.

La conversation continua et je me rappelai une fois de plus à quel point il était difficile d'éviter Tristan. Au-delà du fait qu'il était beau à en tomber, c'était aussi très agréable de passer une soirée avec lui. Il était intelligent, avec un humour discret et piquant. J'aimais pouvoir parler de mon boulot avec quelqu'un qui non seulement comprenait, mais avait quelque chose à ajouter. Pour empirer les choses, il n'était en aucun cas arrogant, même s'il avait bien des raisons de se vanter. Oh, il avait une confiance en lui solide, mais pas une pointe de cette attitude insupportable qu'on trouve chez de nombreux gars, qui semblent passer leur vie à faire l'hélicoptère.

Avais-je déjà dit que j'étais complètement foutue ? Du genre vraiment, parfaitement, à cent pour cent fichue. Et dans cette veine, j'avais l'intention de m'assurer que Tristan remplisse sa promesse de la semaine dernière. Je voulais un orgasme avec un homme, et il m'avait donné ça. Mais je voulais aller au bout.

Au moment où mon esprit se dirigea dans cette direction, mon corps se mit à vibrer. Je finis mon verre de vin et me levai rapidement. Il fallait que je bouge, sinon j'allais sauter sur Tristan.

— Allons voir la galerie d'art au coin de la rue, dis-je.

Nous étions passés devant une galerie d'art qui semblait célébrer le lancement d'une nouvelle exposition, ce soir. Il me fallait quelque chose pour m'occuper et me permettre de penser à autre chose qu'au corps nu de Tristan contre le mien, donc je dis la première chose qui me passa par la tête.

Il n'était jamais du genre à se presser et termina sa bière avant de se lever.

— Après toi, dit-il en me faisant signe de marcher devant lui.

Je me souvins de prendre mon sac à la dernière seconde et le glissai sur mon épaule. Quand on se décala pour laisser passer un serveur qui portait un grand plateau d'assiettes, Tristan posa sa main dans le bas de mon dos et la laissa là alors que l'on marchait vers la caisse. Je fus immédiatement déçue quand il la retira pour payer.

Quelques instants plus tard, j'étais à nouveau ravie de retrouver sa paume chaude, telle une marque au fer rouge, tandis que l'on marchait sur le trottoir. C'était une soirée fraiche, et l'air sentait encore la pluie de l'après-midi. On resta silencieux en marchant vers la galerie, mais mon esprit était perdu dans une toile bien à lui, sur ce que je faisais là.

Tais-toi. Tu fais ce que tu fais.

Je savais que c'était mal parti quand je me disais moi-même de me taire. Je fus tellement soulagée quand on arriva à la galerie et qu'on se retrouva entourés d'une foule. Seattle était connu pour plusieurs choses, y compris sa scène surdéveloppée de souffleurs de verre. Cette nouvelle galerie était pleine à craquer de pièces spectaculaires de verre soufflé, allant de toutes petites œuvres à des installations immenses. Des couleurs translucides remplissaient l'espace au milieu duquel nous nous baladions. La galerie était installée à un coin de rue, dans un bâtiment qui avait été une usine à vêtements fut un temps. J'avais supposé que la galerie n'occupait qu'une partie du bâtiment, mais elle avait tout investi. Les artistes travaillaient sur place, donc on traversa des salles où les artistes étaient en train de souffler du verre avant d'arriver dans des pièces où leur art était exposé.

La galerie avait fait les choses en grande pompe

pour cette soirée d'ouverture, avec des canapés servis sur de petites tables dans toutes les pièces et des serveurs qui se baladaient avec des plateaux de vin et de champagne. J'étais complètement tremblante – en dedans et en dehors – alors que mon corps vibrait de désir pour Tristan, de plus en plus fort à chaque minute passant. Sa proximité me rendait folle. Il y avait pas mal de monde donc nous marchions souvent près l'un de l'autre, avec sa main chaude dans mon dos, et l'envie incessante de la sentir glisser vers mes fesses.

Tout comme je m'y attendais, c'était un compagnon agréable ici, comme partout ailleurs. Il discuta avec quelques souffleurs de verre et ne cessait de m'attirer vers les choses qu'il regardait. Dans l'ensemble, j'étais plutôt distraite et buvais sans doute trop de vin, mais il me fallait quelque chose pour m'aider à me calmer. On sortit de ce qui semblait être la dernière pièce. Je m'arrêtai et regardai des deux côtés dans un long couloir. À notre gauche se trouvait le chemin dont nous venions, qui menait à la salle principale. À notre droite, je supposai qu'on arrivait enfin à la partie de l'usine que la galerie n'utilisait pas. Un signe vieilli au-dessus de la porte disait « Bureau ».

Sans que je le voie venir, Tristan retira sa main de mon dos et l'enroula sur la mienne, me tirant vers la porte avec lui. À ma surprise, la porte s'ouvrit quand il tourna la poignée. En un éclair, nous étions de l'autre côté. Il me retourna si rapidement que mon dos claqua contre la porte.

— Qu'est-ce que...

Ma question fut coupée quand sa bouche se colla contre la mienne. Oh, eh bien, ça m'allait. Il se colla contre moi et je gémis en le sentant, chaque parcelle durcie et musclée contre mon corps. C'était un baiser lent et doux. À la seconde où nos lèvres se trouvèrent, sa langue plongea dans ma bouche. C'était chaud, mouillé, brutal. Il emmêla sa main dans mes cheveux, ajustant l'angle de ma tête quand il arracha ses lèvres et les passa dans mon cou, marmonnant quelque chose.

La chaleur se répandit dans mes veines comme un feu de forêt et je cherchai de l'air. Mon canal pulsa de désir et j'avais tellement envie de lui que ça m'en faisait mal.

Je portais un chemisier en soie bleue avec un col arrondi qui se nouait au niveau de mes seins avec un ruban. Il attrapa le ruban dans ses dents et tira, défaisant facilement le nœud. La soie tomba, dévoilant mon soutien-gorge en dentelle noire.

— Bon sang, Daisy. Tu es beaucoup trop sexy, murmura-t-il, ses lèvres se baladant dans la vallée sensible de mes seins.

Je glissai une main dans ses cheveux, parce que j'avais besoin de m'accrocher à quelque chose.

— Tristan, qu'est-ce que...

Ma question se perdit dans un gémissement quand il passa sa langue sur l'un de mes tétons, emprisonné dans la dentelle. Un frisson de plaisir traversa ma colonne vertébrale. Mes tétons étaient si tendus que j'en avais mal.

— Oui? demanda-t-il, assez tard pour que je ne me souvienne pas d'avoir dit quoi que ce soit.

Je me forçai à ouvrir les yeux et trouvai ce regard qui m'attendait. Mon cœur battit fort quand nos regards se trouvèrent. Je pris une inspiration tremblante et essayai de reprendre mes esprits.

— Qu'est-ce que tu fais? réussis-je enfin à demander d'une voix rauque.

— Je ne pensais pas réussir à refaire toute la route pour sortir de la galerie sans t'embrasser, répondit-il directement.

J'aimais me voir comme une femme forte, une femme qui n'avait pas besoin de la validation d'un homme pour se sentir bien dans sa peau. Mais entendre à quel point il avait envie de moi me faisait vibrer, un effet accentué par l'état de mon corps, un désir liquide se déversant dans mes veines comme un feu. « Oh », fut ma sublime réponse.

Sa main caressait l'un de mes seins. Il choisit ce moment-là pour passer son pouce d'avant en arrière sur mon téton. Je gémis parce que je ne pouvais pas m'en empêcher. Mon sexe se serra, et je sentais la chaleur mouillée prendre le dessus. J'avais besoin de plus que la caresse de sa queue collée à mes cuisses. J'avais besoin de lui, tout entier, en moi.

— Tu veux qu'on aille quelque part ? demandai-je en regardant autour de nous pour la première fois.

Nous étions dans un couloir sombre. Cette partie de l'usine ne semblait pas avoir été utilisée depuis des années. La peinture tombait des murs à côté de la porte et le sol en béton était couvert d'une lourde couche de poussière. Des toiles d'araignée couvraient tous les coins du plafond.

Quand mes yeux revinrent vers Tristan, il avait un sourire en coin. Oh bon sang. Mon centre palpita.

— On devrait peut-être, dit-il enfin.

Mais il ne bougea pas. On se tenait dans ce couloir douteux, en entendant les voix venues de la galerie, qui traversaient faiblement la porte. Son pouce continua de jouer avec mon téton et je me dis qu'on ne devrait peut-être pas partir.

— J'ai une idée.

Sa voix rauque me fit frissonner. Quelle que soit son idée, je ne doutais pas un seul instant que c'en soit une bonne. J'étais prête à traverser un anneau de feu à ce stade, pour le sentir en moi.

— Quoi donc ?

— Tu as dit que tu voulais deux choses, n'est-ce pas ?

Une claque de réalité me frappa. Oui, c'était ce que j'avais dit. Je voulais un orgasme et une histoire sérieuse. Je n'avais vraiment, vraiment pas envie de penser au côté sérieux des choses à l'instant. Bref. Je n'allais pas faire l'idiote et faire comme si je ne l'avais jamais dit. Même si j'étais vraiment idiote. Je pensais que la vérité était une garantie de faire partir Tristan en courant.

— Ouais. Tu as presque rempli l'une des demandes, répondis-je en puisant dans toute ma confiance pour l'embêter un peu.

C'était la seule façon de ne pas complètement me perdre dans cette folie.

Je vis bien que ma remarque toucha sa cible. Il haussa un sourcil.

— Presque ?

Je haussai les épaules.

— Oh, j'ai joui, oui. Et tu m'as aidée. Mais je voulais un orgasme pendant l'acte. Et ça, tu ne me l'as pas offert.

Tu as complètement perdu la tête ? Il te plait bien trop et là, tu le mets presque au défi de passer aux choses sérieuses.

J'avais perdu la tête. Il n'y avait aucun doute. Mais je voulais ce que je voulais et je ne voulais pas rater ma chance. Je me disais que je trouverais un moyen de ne pas me perdre encore plus dans ces émotions.

Ses yeux s'assombrirent alors qu'on se regardait. Son pouce fit une autre caresse lente sur mon téton puis il me pinça entre ses doigts avant de reculer d'un pas. Sans un mot, il remonta mon chemisier et refit le nœud. Ce n'est qu'à ce moment-là qu'il parla.

— Donne-moi un mois. Je m'assurerai que tu

jouisses de toutes les façons que tu souhaites. À la fin du mois, on verra.

— On verra ?

Je ne pus retenir un petit rire. C'était vraiment digne de lui de sonner aussi hautain. C'était une bonne chose, car sinon je me serais mise à réfléchir. Et une pensée rationnelle m'aurait rappelé que je fonçais tout droit vers un cœur brisé.

Il soutint mon regard.

— Oui. Je me dis que tu as sans doute quelques années de sexe nul à corriger. J'aimerais dire que je pense tout faire tout seul, mais je ne suis pas idiot. Je sais reconnaitre une attirance magnétique quand je la vois. On était complètement dingues l'un de l'autre, alors voyons si on peut évacuer ça. Comme je l'ai déjà dit, je ne peux pas promettre du sérieux à l'avance dans tous les cas.

Il avait joué cartes sur table. Soit je prenais peur et partais, soit j'acceptais sa proposition. Qu'il le sache ou non, il avait joué son coup à merveille. S'il avait présenté ça de toute autre façon que le défi qu'il semblait lancer, je lui aurais dit d'aller se faire voir. Au lieu de ça, je me trouvais à acquiescer.

Il hocha simplement la tête en retour et enroula sa main autour de la mienne. Quelques secondes plus tard, on traversa rapidement la galerie. La taille de Tristan était un avantage. La foule s'écartait simplement pour lui tandis qu'il avançait de façon si volontaire.

Je devais presque courir pour garder le rythme. Tout d'un coup, une pensée m'arrêta net. Je plantai mes pieds au sol. Il se retourna rapidement.

— Oui ?

— Une condition, dis-je.

Il arqua légèrement un sourcil.

— Pendant ce mois, ce n'est que nous.

J'attendis alors que mon cœur s'affolait contre mes côtes. Je prenais un risque idiot. Donc je n'avais pas envie de me demander avec qui d'autre il couchait pendant ce mois.

Il n'hésita pas un instant et hocha la tête.

— Je n'aurais pas voulu autre chose.

Chapitre Onze

TRISTAN

Une petite pluie avait commencé pendant que je conduisais vers chez Daisy. Je me forçai à garder les deux mains sur le volant, même si la vue de sa cuisse nue était une tentation diabolique. Encore une fois, elle portait une jupe légèrement trop courte pour que je garde toute ma tête. J'avais traversé cette fichue galerie d'art en regardant ses hanches se balancer, me demandant ce que ça ferait de remonter sa jupe et de passer ma main entre ses cuisses pendant plus d'une heure. C'était ce qui m'avait poussé à la coller contre cette porte et à l'embrasser.

Je savais que je perdais la tête avec la proposition que je venais de lui faire, mais je m'en fichais. Je m'accrochais à l'espoir qu'un mois avec Daisy écoulerait peut-être l'alchimie folle entre nous. La route vers son duplex paraissait longue, et tendue. Au moment où on arriva, je me fichais complètement du fait que je n'avais pas débandé un seul instant. Je me forçai à garder des gestes mesurés en ouvrant la portière passager et en la refermant derrière elle. Mon contrôle m'échappa à nouveau quand je regardai sa jupe se balancer à chaque pas dans l'allée qui menait à sa porte.

La porte claqua derrière nous et je la retournai contre le bois, posant ma bouche sur la sienne et y déversant des heures de désir. Son sac tomba au sol et ses clés firent un bruit désordonné. Je remontai sa jupe sans prendre la peine d'y aller doucement. Je passai ma main sur sa cuisse, grognant en découvrant sa peau de soie. Le diner et cette balade interminable dans cette fichue galerie avaient suffisamment servi de préliminaires pour me donner envie d'exploser. Je passai ma main sur ses fesses et grognai à nouveau en découvrant qu'elle portait un string.

Bon sang, j'adorais qu'elle soit si douce. Je ne pouvais pas résister à l'envie de serrer ses fesses généreuses entre mes mains. Je libérai enfin mes lèvres quand elle passa sa main sur ma queue. Nos yeux se trouvèrent et, même si ça ne me paraissait pas physiquement possible, je sentis ma queue durcir encore plus.

Je laissai mon doigt suivre la bande de tissu entre ses fesses. La soie qui couvrait son centre était mouillée. Je passai furieusement un doigt dessus.

— Bordel Daisy. Tu vas me tuer.

Elle appuya sa tête contre la porte, ces grands yeux marron plantés sur moi. Sa bouche – cette putain de bouche – arrondie d'un côté en un sourire en coin alors qu'elle caressait ma queue une fois de plus.

— Tant que tu tiens ta promesse, je ne te tuerai pas, murmura-t-elle.

Il n'en fallut pas plus. En un éclair, j'arrachai ses vêtements. Il fallait que je la voie tout entière. J'en avais eu assez des provocations incessantes de son corps, caché sous ce petit chemisier de soie où je voyais bien que ses tétons tentaient de s'échapper, et cette jupe qui devrait être illégale. Du moins, quand elle la portait.

Elle ne recula pas et retira rapidement mon haut avant d'ouvrir mon jean et de glisser une main dans mon caleçon. Ma queue sursauta à son toucher. Je serrai les dents et tirai sur les rênes de mon contrôle qui me glissaient des mains. Même si je mourais d'envie que ce soit sauvage et brutal, j'avais assez de sang-froid pour m'assurer de ne pas aller trop vite et de ne pas manquer à la promesse que j'avais faite à Daisy.

Je reculai.

Grossière erreur.

Elle se tenait devant moi, sa jupe tombée sur ses chevilles, son chemisier et soutien-gorge au sol à côté d'elle. Sa poitrine – généreuse et rebondie avec des tétons tendus et relevés – m'attaquait presque par sa simple existence. Ses cheveux s'étaient libérés de leur chignon et tombaient sur ses épaules – un fouillis blond miel.

Si je la touchais maintenant, je serais incapable de m'éloigner de cette porte. J'attrapai sa main.

— Viens.

Heureusement qu'elle n'hésita pas, et heureusement que sa chambre n'était qu'à quelques mètres de là. Après un flou, on se retrouva sur le lit, j'étais allongé à côté d'elle et dévorais sa peau de mes lèvres et de ma langue. Je ne comprendrais jamais comment Daisy avait pu avoir si peu de chance avec les hommes et le sexe dans sa vie. C'était l'une des femmes les plus expressives que j'avais jamais rencontrées. Tout comme le reste de sa vie, elle se lançait dans le sexe avec audace. Elle parlait souvent fort dans un groupe, et c'était pareil pendant le sexe, sauf qu'elle y ajoutait des gémissements qui me faisaient presque perdre la tête, des soupirs et de petits cris. Elle lâchait plein de gros mots aussi, ce que j'adorais.

— Bordel Tristan, arrête ça ! s'exclama-t-elle en essayant de se libérer de là où j'avais mis ma langue, sur la peau sensible de sa cuisse.

J'attrapai ses hanches et levai la tête. Ma queue pulsa en la voyant, sa peau rougie et ses cheveux emmêlés sur le coussin.

— Pourquoi ? Tu as clairement l'air d'aimer ça, contrai-je, passant un doigt entre ses plis et savourant la mouille qu'elle m'offrait.

Ses hanches se cambrèrent à mon toucher. Après un gémissement grave, elle plissa les yeux.

— Pas juste. Je veux...

Je n'attendis pas sa réponse avant de mettre ma bouche exactement là où je voulais, plongeant un doigt entier en elle.

Sa tête tomba en arrière.

— Mon Dieu.

Je m'installai, explorant chaque centimètre de ses plis avec ma langue tout en l'étirant avec mes doigts. Elle jouit en hurlant, ses hanches se balançant contre ma bouche.

Elle me tira les cheveux. J'étais tellement sur le point de perdre le contrôle que je ne pouvais pas faire durer la chose plus longtemps. J'avais été assez malin pour attraper un préservatif dans ma poche en retirant mon jean plus tôt. Je l'enfilai et m'installai contre elle. Son entrée mouillée embrassa la tête de ma queue, mais j'attendis.

J'écartai ses cheveux. Ses grands yeux marron s'ouvrirent et trouvèrent les miens, et mon cœur se serra. Pendant un instant, je ne savais pas quoi faire de ce que je ressentais, mais le désir que je ressentais à son égard noyait tout le reste.

Je glissai ma main dans la sienne. Je voulais attendre un moment de plus, même si c'était presque une torture de sentir chaque centimètre de son corps généreux collé à moi et ses jambes enroulées sur mes hanches. Mais Daisy n'était pas patiente, elle était autoritaire et ne me laissa pas faire.

Elle me mordit le cou et balança ses hanches contre moi, juste assez pour que le peu de contrôle qui me restait disparaisse. Je plongeai en elle d'un coup, jusqu'à la garde. J'imaginais ce que ça ferait d'être en elle depuis des jours. Son centre était chaud, humide et serré. J'avais l'habitude de rester maitre de moi-même pendant le sexe.

Avec Daisy, au moment où je plongeai en elle, j'étais à sa merci. Alors qu'elle se balançait contre moi et qu'elle soupirait, gémissait, remplissait la pièce de tous ces sons, je n'aurais pas pu me retenir même si je l'avais voulu.

Chapitre Douze

DAISY

J'étais perdue dans les sensations, chaque nerf de mon corps vibrait de désir et cherchait ce plaisir intense que je n'avais jamais ressenti auparavant. Le fait que Tristan vienne déjà de me faire grimper aux rideaux avec ses doigts et sa bouche n'avait pas d'importance. Au moment où il plongea en moi, sa queue m'étirant et me remplissant, mon corps repartit en puissance. La pression montait en moi, de petits éclairs de plaisir rebondissaient encore de mon premier orgasme.

Je ne réfléchissais pas. Pas du tout. C'était glorieux. Je sentais la griffure de ses dents dans mon cou, la caresse de sa queue qui faisait des va-et-vient alors que j'étais trempée, je sentais ma mouille couler sur mes cuisses alors que je m'accrochais à ses hanches. Sa petite barbe brûlait mon cou et me faisait frissonner. Chaque sensation ne faisait qu'alimenter la tempête qui grondait en moi. Enfin, enfin, il semblait se laisser aller à la même folie qui s'était emparée de moi. Ses caresses n'étaient plus contrôlées, elles étaient puissantes et rapides, ses hanches tambourinant contre moi. J'avais besoin que ce soit comme ça, sauvage, brute, libre, parce que je ne pouvais pas me retenir et je ne voulais pas être la seule à être perdue dans ces sensations.

Je sentais son corps se tendre alors que nos peaux se frappaient l'une à l'autre. Il lâcha l'une de mes mains et la passa entre nous, son pouce expérimenté passant en cercle autour de mon clitoris. Quelque chose se brisa en moi. Un plaisir terrassant s'empara de mon corps. J'entendis ma voix, au loin, crier son nom tandis qu'il criait peu de temps après moi.

Je m'effondrai sur le lit, la tête tournant après une jouissance puissante. Il tomba contre moi, écartant immédiatement son corps sur le côté. Je ne voulais pas qu'il s'éloigne et je m'enroulai sur lui par réflexe, le gardant en moi.

Son souffle caressa mon épaule alors que je respirais de manière tremblante. On resta allongés sur mon lit plusieurs minutes jusqu'à ce qu'il relâche doucement sa prise sur ma main pour caresser mon bras. La sensation de ses doigts sur ma peau sensible me fit pulser à nouveau.

Alors que de petites vagues de plaisir flottaient encore en moi, mon esprit reprit vie doucement. Wouah. Je n'avais pas de mots pour ce qui venait de se passer.

Je sentis ses doigts passer dans mes cheveux et ouvris enfin les yeux. Je ne savais pas à quoi m'attendre, mais je ne m'attendais certainement pas au regard que je trouvai dans ses yeux. Son regard noisette m'attendait, à quelques centimètres de la pile d'oreillers de mon lit. Je ne savais pas comment le lire, mais mon cœur se serra. Il était silencieux, observant mon visage. Après un moment, il s'éclaircit la gorge et commença à bouger.

Mes jambes avaient une volonté propre et se

serrèrent autour de lui. Sa bouche remonta en un sourire en coin.

— On va rester comme ça pour toujours ? demanda-t-il d'un ton joueur qui me fit frissonner.

Doux Jésus. J'étais vraiment mal en point. Je venais de coucher avec quelqu'un, pour la première fois depuis des mois. Je venais de vivre mon premier orgasme avec une vraie queue en moi, et mon corps réagissait si fort à la présence de Tristan que j'aurais sans doute pu recommencer tout de suite.

Mes joues rougirent et je me forçai à détendre mes jambes.

— On n'est pas obligés, réussis-je à dire en essayant de rester légère.

Mais il ne bougea pas, il continua de me caresser les cheveux. Je me demandai quoi dire maintenant. C'était tout nouveau pour moi. Pas le sexe en soi. Non, mais c'était surtout que je m'étais habituée à trouver le sexe décevant. Je savais parfaitement m'extirper d'une situation où mon partenaire avait trouvé son plaisir et où je m'étais terriblement ennuyée. Ne pensez pas que j'ai eu beaucoup de partenaires. Non. J'ai eu deux relations semi-sérieuses à la fac et en école de médecine puis j'ai essayé pendant longtemps de trouver le bon.

Ces moments gênants après avoir été déçue étaient quelque chose que je savais parfaitement gérer. Malheureusement, j'avais très vite appris que les hommes ne voient rien. Encore aujourd'hui, je ne pensais pas que l'un de mes partenaires savait que je n'avais jamais joui. Bref, retour au présent. Ce que je ne savais pas gérer, c'était la gêne d'avoir vécu deux orgasmes fous avec un homme dont je pouvais parfaitement tomber amoureuse, mais que je n'aurais que pour un mois.

N'oublie PAS ça. Un mois. C'est tout.

Bien. Je pouvais gérer.

Je reculai les hanches et fus soulagée de voir qu'il eut le réflexe d'essayer de me garder en place. Qu'il le remarque ou non, il s'arrêta et recula doucement. Je me levai maladroitement.

— Douche, annonçai-je avant de me diriger rapidement vers la salle de bain.

Je ne regardai même pas derrière moi et fus surprise de voir Tristan entrer dans la douche quelques instants plus tard. La vapeur d'eau forma un cocon autour de nous. Je me retournai et levai la tête hors du jet d'eau, m'étouffant presque en le voyant.

Ça devrait être illégal pour lui de se tenir nu devant n'importe qui. Chaque centimètre de son corps était parfaitement musclé. Il avait un peu de poils noirs sur le torse, qui formaient une flèche vers le bas. Mes yeux s'emparèrent de lui. Pendant ce temps, il attrapa le savon de mes mains et le passa partout sur moi avant de s'occuper de lui.

Mon cœur se serra à nouveau et je me forçai à me souvenir de notre accord. Un mois. J'avais un mois avec lui, et j'allais profiter de chaque instant.

Chapitre Treize

TRISTAN

— Ça fait plaisir de te retrouver sur le terrain, mec, dit Liam, en me donnant une claque sur l'épaule alors qu'il arrivait à côté de moi.

J'attrapai la bouteille d'eau qu'on me lançait alors qu'on avançait vers le banc et les vestiaires. Cela faisait une semaine que j'étais revenu à l'entrainement et ça me faisait un bien fou d'être enfin de retour sur le terrain. Notre saison commençait bientôt. Tim m'avait autorisé à reprendre l'entrainement et j'avais deux séances avec lui toutes les semaines pour suivre mon évolution.

Je descendis ma bouteille d'eau et regardai Liam pendant qu'on traversait le couloir du stade.

— Ça fait plaisir d'être de retour.

— Comment ça va, le genou? demanda Liam quand on arriva dans le vestiaire.

— Bien, pour autant que je sache. Honnêtement, j'ai l'impression d'être plus fort qu'avant l'opération.

Liam me lança un sourire.

— Évidemment. Olivia est la meilleure.

Ma chirurgienne était la femme de Liam. Il l'avait

rencontrée quand il s'était lui-même blessé au genou quelques saisons plus tôt. Il était encore dingue d'elle. Daisy s'immisça dans mes pensées. Je ne voulais pas me poser de questions, mais je ne pouvais pas m'en empêcher. C'était la première femme qui me donnait la moindre envie de me caser. C'était l'effet qu'elle me faisait. J'écartai ces pensées.

— Oh, je sais que c'est grâce à Olivia, mec, répondis-je avec un rire.

Liam se retrouva distrait par quelqu'un d'autre et je me dirigeai vers mon casier avant de me déshabiller pour aller me doucher. Je laissai l'eau chaude couler sur ma peau tandis que je pliais le genou sans y penser. À ce stade, c'était devenu une habitude de voir si je ressentais une quelconque douleur ou faiblesse. Je ne ressentais rien. Je soupirais encore de soulagement à chaque fois. Je n'avais pas oublié la douleur violente que j'avais ressentie le jour où j'étais tombé et m'étais déchiré ce ligament, deux saisons plus tôt. J'avais su dès ce moment-là que j'allais passer une saison entière sur le banc. J'étais content d'avoir quelque chose de complètement différent pour m'occuper quand le docteur Horton m'avait proposé de gérer la clinique pendant qu'il voyageait. Mon plan à long terme avait toujours été de me concentrer sur ma carrière médicale une fois que je serais trop vieux pour jouer au niveau pro. Trop vieux dans le monde du foot n'était pas très vieux. Mais je n'étais pas prêt à dire au revoir à ma carrière tout de suite, et j'étais très heureux de m'être remis aussi bien que ça. Et le docteur Horton allait bientôt revenir pour reprendre les rênes de la clinique, ce qui était parfait.

Je me savonnai rapidement, mon esprit revenant à l'autre nuit avec Daisy. J'avais failli lui sauter encore une fois dessus quand je l'avais suivie sous la douche.

Sa peau rose sous l'eau chaude et les bulles de savon coulant sur son corps avait suffi à me faire bander quelques minutes après avoir explosé en elle.

C'était il y a deux jours, et je mourais déjà d'envie de la revoir. J'avais bêtement lancé l'idée d'un mois, sans me dire qu'une fois que l'horloge aurait commencé à tourner, je m'inquièterais immédiatement de la limite de temps que j'avais posée. Bordel.

Peu de temps après, je sortais du stade quand j'entendis Liam m'appeler. J'attendis au niveau des portes qu'il me rattrape.

— Tu viens diner avec nous ? demanda-t-il.

— Je ne savais pas que vous alliez diner, répondis-je.

Ma réponse était garantie, car je ne pouvais m'empêcher de me demander si je verrais Daisy. Je n'avais rien prévu après être parti l'autre soir, et je me demandais quand je la reverrais. Cette histoire entre nous n'avait rien d'habituel pour moi. D'habitude, je faisais très attention à rester léger dans mes rencontres. Renée avait été un plan régulier jusqu'à sa petite explosion. Elle m'avait écrit plusieurs fois depuis ce jour-là, et je lui avais envoyé un dernier message en lui disant qu'elle pouvait considérer que notre arrangement avait complètement pris fin.

J'écartai de ma tête le constat que l'intérêt que je lui portais, ou que je portais à qui que ce soit d'autre, avait entièrement disparu. Je savais que Daisy, et Daisy seule, était responsable de ça, et je ne voulais pas me demander ce que ça pouvait signifier. Et je ne voulais pas non plus me demander pourquoi mon cœur battait plus fort à la simple idée de la revoir, alors qu'un éclair de désir me traversait.

— Olivia me dit que si. J'ai besoin de potes parce

qu'elle est avec Daisy et Harper, répondit Liam avec un sourire malin.

Je ris.

— On va où ? demandai-je alors qu'on passait les portes du stade vers l'air frais et humide de ce début de soirée.

— Le resto thaï, répondit-il.

— Alex vient ? demandai-je en parlant d'Alex Gordon, le gardien des Stars.

— Ouaip, il y est même déjà sans doute. Je suis à la bourre parce que le coach a voulu me parler du nouveau. Il voulait savoir ce que j'en pensais. T'en penses quoi toi ?

On se mit en marche vers le restaurant thaï, un endroit où nous allions souvent. Je réfléchis à la question de Liam. Lui et moi jouions des positions offensives, Liam était le meneur de jeu, et j'étais l'avant-centre. Les managers des Seattle Stars avaient fait quelques ajustements pendant l'entre-saison comme la plupart des équipes professionnelles, et l'équipe avait légèrement changé. Nous avions eu une saison un peu inégale l'année dernière, entre ma blessure et un autre de nos joueurs permanents qui s'était blessé dans le dos. Ce joueur avait choisi d'arrêter, donc les managers étaient partis chercher quelqu'un de nouveau. Le nouveau était plutôt bon, mais il était jeune et arrogant.

— Il est doué, mais j'aime pas son attitude, répondis-je enfin.

Liam me regarda en hochant la tête.

— Ça résume bien ce que je pense. Le coach se dit qu'il est jeune et qu'il lui faut du temps pour trouver ses marques. Il est là pour l'année, donc je lui ai dit qu'on essaierait de lui apprendre les bonnes manières.

— Ouais, on y arrivera peut-être.

On arriva au restaurant et on entra. J'étais soulagé de ne plus être sous la petite pluie qui avait commencé pendant notre marche. Liam était déjà loin devant dans le restaurant. Je le suivis et résistai à l'envie d'accélérer en voyant Daisy assise à la table.

Elle était assise à côté d'Olivia, et le contraste de leurs peaux ne fit que mettre en valeur à quel point Daisy était lumineuse. Olivia avait des boucles noires et des yeux verts. Elle se leva pour dire bonsoir à Liam qui la souleva dans ses bras pour l'embrasser. Au moment où il la reposa, elle riait et rougissait.

Elle me regarda.

— Salut Tristan, comment va ton genou ?

Je m'installai sur la chaise libre à côté de Daisy.

— Comme neuf d'après Tim, répondis-je tandis qu'Olivia et Liam s'installaient en face de nous.

Olivia me lança un petit sourire et acquiesça.

— C'est ce qu'il m'a dit. Tu fais bien gaffe de continuer la rééducation autant qu'il le juge nécessaire.

— Elle adore donner des ordres, ajouta Liam avec un sourire joueur.

Olivia lui donna une tape une l'épaule.

— Je m'assure juste qu'il fasse attention.

— Où sont Alex et Harper ? demandai-je.

— Oh, ils ont filé, commenta Daisy à côté de moi.

Je résistais à l'envie de la regarder directement, surtout parce que j'avais peur qu'une fois que je l'aurais vue, j'oublierais les autres. Je la regardai et une pointe de désir me frappa immédiatement. Ses cheveux étaient remontés en chignon, ce qui me donna envie de les détacher. Elle avait l'air d'être venue directement du boulot avec un chemisier ajusté et une jupe. Mes yeux se baladèrent vers la peau nue de ses cuisses. Le sang fila vers mon entrejambe. Je me forçai à relever les yeux et ils tombèrent sur ses lèvres généreuses.

Bordel. Il allait falloir que je survive à ce diner sans perdre la tête. Je ne savais pas pourquoi, mais je ne voulais pas vraiment que nos amis en commun sachent ce que Daisy et moi faisions. Une alarme distante retentit dans ma tête, mais je l'ignorai. J'étais éternellement pragmatique quand il s'agissait de ma vie sexuelle. Mais cette histoire avec Daisy n'avait rien de pragmatique.

J'écartai encore une fois ces pensées et me concentrai sur le moment. Les diners de ce genre étaient des moments communs pour nous, donc ça n'aurait dû me faire aucun effet. Mais c'était la première fois depuis presque un an que Daisy et moi étions là au même moment. En sentant la chaleur de son corps, j'eus la tentation folle de passer ma main sur sa cuisse. Je fis le choix conscient de garder les deux mains sur la table et de regarder Liam quand il parlait.

Une serveuse arriva pour prendre notre commande. Quelques minutes plus tard, la conversation avait repris comme il se devait. Je pris une longue gorgée de la bière que j'avais commandée, en me disant qu'être légèrement pompette pourrait m'aider à contrôler le désir qui s'écrasait en moi.

— Oh, je peux demander à Bradley si tu veux, dit Daisy avec un rire.

— Oui, mais seulement s'il me fait un prix, répondit Liam avec un sourire.

Olivia lui donna un coup de coude, ce qu'elle faisait tout le temps.

— C'est pas parce que c'est l'ami de Daisy qu'il doit te faire un prix.

— Et pourquoi pas, ma belle ? demanda Liam avec un rire. Ça dépend de l'ami. Je croyais que tu avais dit que c'était une amitié avec bénéfices. L'un de ces bénéfices devrait être de me faire une ristourne sur des billets de basket.

Olivia leva les yeux au ciel.

— Oh, arrête. Tu peux te les payer, alors n'insiste pas.

Dans des circonstances normales, je n'aurais rien pensé d'un ami de Daisy, ou de ce que Liam sous-entendait par bénéfices. Mais à l'instant, j'avais une réaction violente à cette idée.

Je sentis une pointe de gêne chez Daisy, mais elle écarta une mèche de cheveux de sa joue et haussa les épaules.

— Je lui demanderai et je te tiendrai au courant.

Elle ne dit rien d'autre. Je retins l'envie de me tourner vers elle et de lui demander quel genre d'ami Bradley était. Mais ce n'était pas une bonne idée, pas devant Liam et Olivia. Je me demandai ce qui ne tournait pas rond chez moi. Je n'étais pas du genre jaloux. Jamais. Toutes les femmes avec qui je sortais savaient ça de moi. Je faisais ce que je voulais et elles de même. Tout ce qui dépassait les limites mettait fin à la relation.

Mais j'étais là, à me débattre avec un sentiment nouveau. Le seul soulagement était de savoir que Bradley n'avait jamais réussi à satisfaire Daisy, car j'étais le premier à recevoir cet honneur.

Chapitre Quatorze

DAISY

J'étais assise à côté de Tristan à me demander si j'avais complètement perdu la tête. Enfin, pas la tête exactement. C'était surtout mon corps qui me trahissait. Tristan était juste là et j'avais peur de fondre sur ma chaise. Il dégageait une chaleur qui me donnait l'impression que nous étions entourés par un champ de force, une électricité vibrante qui crépitait de désir et de besoin. Heureusement, Olivia et Liam ne semblaient conscients de rien.

Mon après-midi s'était déroulé de manière parfaitement ordinaire. J'avais retrouvé Olivia et Harper pour un café, une chose que nous faisions plusieurs fois par semaine. Le seul problème aujourd'hui était que j'avais l'impression de leur cacher quelque chose. Enfin, je savais que je leur cachais quelque chose : ce qu'il se passait avec Tristan.

Et pour empirer les choses, la conversation avait atterri sur Tristan et sa réputation de gars détaché qui traitait le sexe comme une transaction et rien d'autre. Harper, étrangement, connaissait la femme qui s'était retrouvée de l'autre côté de ses habitudes.

— Oh mon Dieu, Tristan serait tellement vénère s'il entendait ce que Renée balance au bureau, avait dit Harper.

Bien sûr, je mourais d'envie de l'entendre, au point où j'avais senti mes oreilles se tourner vers Harper.

J'avais essayé de la jouer cool.

— Comment ça, et c'est qui Renée ?

Je n'avais pas oublié le fait que j'avais entendu Tristan parler à une Renée dans son bureau.

Harper avait pris une gorgée de café avant de répondre, donc il avait fallu que j'attende en silence, le cœur battant la chamade et l'anxiété me serrant la poitrine.

— Elle gère le département des ressources humaines à la clinique où je bosse. Elle se vantait de le voir depuis des mois. Elle se disait qu'elle allait la jouer fille cool et distante jusqu'à ce qu'il remarque à quel point elle était géniale. Bref, apparemment il a mis fin à leur arrangement la semaine dernière et maintenant, elle n'arrête pas de se plaindre du mal qu'il lui a fait, dit Harper en levant les yeux au ciel.

Ça m'avait demandé presque toute ma discipline de ne pas poser plus de questions. Quand Olivia avait suggéré de sortir diner ce soir, j'avais hésité à venir, mais j'en avais marre de me trouver des excuses pour toutes les soirées où Tristan risquait de se trouver. Et j'avais envie de le voir. Désespérément.

Donc j'étais là. Et à la dernière minute, Harper avait annulé, avec un mal de tête. Et bien sûr, Alex était dingue d'elle et avait insisté pour la ramener à la maison, ce qui m'avait laissée à ce diner avec beaucoup moins de monde pour me distraire. La proximité de Tristan me faisait mouiller et j'étais complètement dans le mal, car je ne pouvais cesser de penser à Renée. Que je ne connaissais même pas. J'étais bêtement jalouse d'elle, même s'il semblait que Tristan ait cessé de la voir. Pire encore, je ne pouvais m'empêcher de me demander ce que ça voulait dire. Je savais que Tristan n'avait pas d'histoires sérieuses, mais je plongeais tête la première dans un mois de folie avec un homme qui n'allait en aucun cas envisager d'aller plus loin.

Si ça n'avait été que physique, j'aurais sans doute pu rester saine d'esprit. Le problème était qu'il me plaisait. Beaucoup. Je me dirigeais tout droit vers un cœur brisé. Mais même en sachant cela, je n'avais pas refusé le mois qu'il offrait. C'était trop tentant.

Quand Liam avait blagué à propos de Bradley, ça m'avait mise un peu mal à l'aise. Ce n'était pas comme si j'avais quoi que ce soit à cacher. J'avais été très claire sur le fait que je cherchais l'homme de ma vie. J'avais réussi à rester légère dans ma réponse, mais j'avais senti un fil de tension chez Tristan. Le bonus était que ça m'avait un peu énervée. Il n'avait aucun droit d'être agacé par ce que je faisais ou non avec Bradley.

J'avais réussi à répondre simplement à Liam et la conversation s'était poursuivie. J'étais sur les nerfs, et agacée, ce qui était sans doute la seule chose qui m'avait permis de ne rien faire d'idiot.

Je me reculai sur ma chaise quand notre serveuse arriva pour prendre nos assiettes vides. Quand Olivia refusa un second verre de vin, je me sentis un peu soulagée. Même si l'année que j'avais passée à éviter Tristan avait demandé une certaine agilité, cette soirée avait été un challenge tout nouveau. Je ne vais pas devenir la dernière conquête de Tristan. Je savais qu'Olivia s'inquièterait parce qu'elle me dirait qu'on ne voulait pas les mêmes choses.

Dans l'état actuel des choses, j'avais passé la majorité de la soirée à éviter de regarder Tristan, car mes yeux avides le cherchaient toujours. J'avais chaud et j'étais soulagée que la lumière soit si tamisée. La dernière épreuve de la soirée serait de réussir à partir dignement.

— Ma belle, tu es fatiguée, il est temps de rentrer, annonça Liam en enroulant sa main sur les épaules d'Olivia et en l'embrassant dans les cheveux.

Mon cœur se serra. Je voulais un homme qui me regardait comme Liam regardait Olivia.

Ne pense même pas à ça. Ça viendra un jour. Mais ne place pas ces espoirs sur Tristan. Lui, c'est une proposition pour un mois de bon sexe, et rien d'autre.

Si seulement mon cœur m'écoutait.

Olivia sourit doucement, trouvant mon regard de l'autre côté de la table.

— Oui. J'avais une opération très tôt ce matin, donc je suis debout depuis 4 h.

— Exactement. Allons-y, dit Liam en se levant et en attrapant Olivia. Tu veux bien payer ? demanda-t-il en regardant Tristan. Je te revaudrai ça la prochaine fois.

— Je m'en occupe, mec, répondit Tristan sans souci.

— On prend un café dans quelques jours, dis-je à Olivia avec un petit signe de main.

Ils quittèrent le restaurant, nous laissant Tristan et moi seuls à la table. Je pensais que la dernière heure avait été un exercice de retenue. Mais à la seconde où il n'y avait que nous, mon corps prit feu.

Je me levai rapidement.

— Je reviens tout de suite, dis-je avant de filer vers les toilettes.

J'allai aux toilettes, non pas parce que j'en avais besoin, mais parce qu'il me fallait quelque chose pour m'occuper. Je restai devant l'évier à passer de l'eau glacée sur mes poignets et à me mettre de l'eau sur le visage. Il me fallait quelque chose, quoi que ce soit, pour me sortir de cette chaleur fiévreuse qui s'emparait de moi. Je quittai les toilettes, m'ordonnant de dire poliment au revoir avant de partir. Quand je ne trouvai pas Tristan, je ressentis un soulagement suivi immédiatement d'une vraie colère. Wouah. Il n'avait même pas le respect de me dire au revoir en face. Soit ça, soit il n'en avait absolument rien à faire de moi. Mais ce n'était pas son genre. Il était terriblement poli. En permanence.

Bref. J'attrapai mon manteau et l'enfilai, puis je me frayai un chemin entre les tables et passai la porte. Avant de rentrer de plein fouet dans quelqu'un.

— Aïe !

Je levai les yeux et découvris qu'il s'agissait de Tristan.

— J'essayais de t'ouvrir la porte, mais tu marchais si vite que je n'ai pas eu le temps, dit-il avec un petit rire.

Un son qui me fit frissonner. Bon sang, j'étais bien mordue. Il lui suffisait de rire pour que j'aie envie de lui.

La chaleur que j'avais réussi à dissiper avec l'eau froide revint au galop. Il pleuvait dehors et je mourais de chaud.

— Oh, désolée. Je croyais que tu étais parti, dis-je, car je ne savais pas quoi répondre d'autre.

Il laissa la porte se refermer et recula d'un pas. On se tenait sous la devanture du restaurant. Je fermai mon manteau de pluie, frissonnant un peu. J'avais besoin de cet air frais et humide pour me refroidir.

Je levai les yeux vers Tristan et le trouvai en train de secouer la tête.

— Quoi ?

— Je suis bien élevé, tu sais. Je n'allais pas juste me casser sans te dire au moins au revoir.

Ah. Donc il avait bien l'intention de me dire au revoir. C'était sans doute mieux comme ça, mais ça m'agaça immédiatement. Je ne pris pas le temps de réfléchir et mes mots m'échappèrent sans filtre.

— Très bien alors. J'imagine qu'on peut dire qu'on est capables de gérer un diner entre amis. Restons-en là.

Mon ton était agressif et je m'en fichais bien.

Il haussa les sourcils immédiatement et plissa les yeux.

— Très bien ? Oh, tu exagères Daisy. Et si tu étais plutôt honnête avec moi en m'expliquant pourquoi tu as encore des amis avec bénéfices ? demanda-t-il d'un ton sombre et sarcastique.

Je passai d'agacée à hors de moi.

Je posai les mains sur mes hanches et lui jetai un regard noir.

— Je n'ai pas d'amis avec bénéfices, contrai-je en mimant des guillemets et en levant les yeux au ciel. Bradley est un ami et un collègue, rien d'autre, et c'est le cas depuis des mois. Toi, tu peux parler. Tu as tout un troupeau de femmes dans ta vie. C'est qui cette Renée ? Apparemment, elle pensait que c'était plus sérieux que ça entre vous.

Tristan écarquilla les yeux avant de les plisser. Son regard passa d'un air agacé à de la colère. Il détourna le regard, secouant doucement la tête avant de ramener ses yeux vers moi.

— Je n'ai pas de troupeau de femmes, Daisy. C'est absolument ridicule. Et puisque tu me le demandes, je voyais Renée de temps en temps, avant. Plus maintenant. Je ne sais pas où tu as entendu ce que tu as entendu, mais elle n'est rien pour moi.

On se fixait du regard. J'étais encore hors de moi qu'il ait mentionné Bradley, mais j'étais tout aussi en colère contre moi-même. Je n'aimais pas voir à quel point ça me faisait mal d'imaginer Tristan avec quelqu'un d'autre. J'aurais dû bien me moquer de Renée, une femme que je ne connaissais même pas. Et ce n'était pas seulement le fait de penser à elle qui me bouffait de l'intérieur, c'était aussi la vitesse à laquelle il pouvait dire qu'elle n'était rien pour lui. Encore une fois, je parlai avant de réfléchir.

— C'est tout ce que je suis pour toi ? Moi aussi je ne suis rien ?

Oh merde. Pas le bon sujet à aborder.

Il me regarda alors que la pluie tombait doucement juste au bord du paravent et que les phares des voitures se réfléchissaient sur le trottoir.

— Comment ça ?

— Rien, marmonnai-je en détournant le regard.

Ce n'était pas passé loin, mais j'étais capable de rapidement passer à autre chose.

Je le regardai d'un coup quand je sentis sa main se poser sur mon bras. En un éclair, il était à quelques centimètres de moi. Je levai les yeux, mon souffle se coinçant dans ma gorge face à l'intensité de son regard. Je ne savais pas quoi penser de ce que j'y voyais, mais ça me frappa en plein cœur.

— C'est parfaitement l'inverse de ce que tu représentes pour moi.

Ses mots étaient graves et agressifs. On resta là à se regarder. Je ne savais pas quoi répondre à cela, même si mon cœur battait si fort que j'avais peur qu'il l'entende. L'espoir que j'essayais sans cesse de repousser venait d'éclore comme une fleur. Je déglutis la vague d'émotions qui montait en moi.

La porte du restaurant s'ouvrit rapidement, me

poussant vers Tristan. Son bras passa autour de ma taille, m'écartant du groupe de gens qui sortait. Une fois que leurs voix se firent distantes tandis qu'ils s'engageaient dans la rue, il enroula sa main dans la mienne.

— Allons-y.

Je n'avais aucune intention de refuser de le suivre à l'instant, donc je le laissai m'emmener jusqu'à sa voiture et me ramener chez moi.

Chapitre Quinze

TRISTAN

Le soleil qui traversait les rideaux me réveilla. J'ouvris les yeux et vis le réveil à côté du lit de Daisy qui annonçait 6 h. Je tournai la tête de l'autre côté vers Daisy et grognai presque. Ses cheveux blonds étaient étalés sur le coussin. J'étais blotti derrière elle avec ses parfaites fesses collées à ma queue, qui se réveillait rapidement. Sa peau était douce comme de la soie. Je résistai à l'envie de passer ma main le long de la courbe de ses hanches. La vérité était que la seule chose qui me permettait de résister était le fait que ma main était déjà sur l'un de ses seins. Il remplissait ma paume, d'un poids tentant.

Mon esprit revint aux évènements de la nuit précédente. J'étais presque certain d'avoir perdu la tête, mais je me fichais bien de réfléchir aux problèmes que cela me causerait tout de suite. Après avoir confronté Daisy à propos de Bradley et qu'elle m'eut parlé de Renée, je n'avais pas été capable de résister au désir que je ressentais pour elle. J'étais tellement jaloux de Bradley, un homme que je ne connaissais même pas. J'aurais dû être soulagé de savoir qu'ils n'étaient plus amants, mais imaginer n'importe quel homme avec Daisy me rendait fou. Puis elle m'avait demandé si elle n'était rien pour moi.

Soyons clairs. Je ne voulais pas dire que Renée n'était rien pour moi. Toutes les femmes avec qui j'avais été comptaient. Ce que je voulais dire, c'était que les rumeurs que Daisy avait entendues n'avaient aucune valeur et ne valaient pas la peine d'être discutées. Renée était une amie et un plan cul au sens le plus simple de l'expression, outre le fait qu'il semblait que Renée ait attendu plus de notre arrangement que moi. Et ça, j'en étais désolé. Mais ça ne changeait pas la réalité qui était que depuis que j'avais cette nouvelle chance de vivre quelque chose avec Daisy, aucune autre femme ne m'intéressait.

Et quand il s'agissait de Daisy, l'idée qu'elle puisse ne pas compter pour moi était absurde. Elle comptait bien trop, et je ne savais pas quoi faire de tout ça. J'étais très conscient de la limite de temps dans laquelle j'évoluais. Je lui avais dit un mois. Un mois paraissait être largement assez de temps. Mais maintenant, j'avais l'impression que ce ne serait jamais assez. Tout cela commençait à me paraitre bien compliqué. Je n'arrivais pas à imaginer la laisser partir après ce mois.

Daisy bougea contre moi, se rapprochant et soupirant dans son sommeil. À la caresse de ses fesses, ma queue durcit et je retins un rire. C'était ridicule. L'effet qu'elle me faisait me forçait à remettre en question ma capacité à me contrôler, une chose qui ne m'était jamais arrivée. Mais là encore, elle semblait avoir un don unique pour me pousser à bout, vers des limites que je n'avais jamais imaginé dépasser. Par exemple : je ne restais jamais dormir chez une femme. C'était trop intime, ça avait trop de conséquences possibles. Mais j'étais là, à me réveiller à côté de Daisy. À aucun moment, la nuit dernière, n'avais-je imaginé partir.

Je ne lui avais même pas demandé la permission d'entrer. J'étais simplement arrivé avec elle puis nous avions presque mis le feu au lit avant de nous endormir ensemble. Je fermai les yeux en me disant que la meilleure chose serait que je me rendorme. Daisy se colla un peu plus à moi et fit un son doux. Bordel. Je ne pouvais pas dormir. Une douche froide me ferait peut-être du bien. Il me fallut toute ma volonté pour commencer à m'éloigner d'elle. Elle était si douce, chaude et endormie. Je réussis à créer quelques centimètres entre nous avant qu'elle ne se retourne.

Bon sang. Alors que je pensais que sentir ses fesses contre moi était un problème, je n'avais pas envisagé que ses seins seraient encore pires.

— Mmm, Tristan ?

Son murmure endormi me fit presque la retourner pour plonger en elle. Que Dieu me vienne en aide. J'étais vraiment dans de beaux draps. En sérieux danger.

— Je suis là, réussis-je à répondre.

Daisy se redressa sur un coude, levant une main pour écarter ses cheveux emmêlés de son visage. Ses grands yeux marron étaient vulnérables dans son état à peine réveillé. Voir Daisy vulnérable était si rare que ça me frappa en plein cœur. Ma poitrine se serra. Elle paraissait toujours si forte, audacieuse et mordante. La voir comme ça me fit quelque chose.

Elle me regarda silencieusement. La main qui passait dans ses cheveux atterrit sur mon torse. Je ne pouvais pas cacher mon excitation, donc je n'essayai même pas. Après un instant, elle me lâcha l'un de ses délicieux sourires en coin.

Sans un mot, elle baissa la tête et commença à

déposer des baisers chauds sur mon torse, écartant les draps pour libérer la voie.

S'il y avait bien une chose dont j'avais l'habitude dans le sexe, c'était le contrôle. À l'instant, Daisy m'arrachait ça des mains.

Je cherchais un point d'ancrage en moi.

— Daisy ? réussis-je à lâcher avec un grognement rauque alors qu'elle enroulait sa paume sur ma queue.

Elle leva la tête, ses cheveux blonds ébouriffés encadrant son visage.

— Oui ?

— Qu'est-ce que tu fais ?

Sans doute la question la plus bête de tous les temps. Mon corps ne voulait pas qu'elle s'arrête. Du tout. Mais en voyant mon contrôle me glisser des mains, je n'avais pas la tête sur les épaules.

Elle se mordit la lèvre et ses yeux prirent un éclat diabolique.

— Ça, dit-elle avant de se pencher en avant et de passer sa langue sous mon membre.

Je m'affalais sur les oreillers avec un grognement, m'offrant à elle. Elle décida de me faire perdre la tête. J'aurais dû me douter du fait qu'elle serait sérieuse. C'était une femme qui faisait attention aux détails. Sa langue ne loupa pas un seul centimètre, de grandes caresses longues, des baisers humides, une succion chaude dans sa bouche alors qu'elle avalait ma queue.

J'oubliai mon contrôle, j'oubliai tout à part l'électricité de sa bouche sur ma peau et la pression qui montait en moi. Une caresse lente de sa langue, son poing enroulé sur moi et elle m'avala dans sa bouche chaude et humide encore une fois. Je ne pus que grogner son nom en me déversant.

Je sentis la pression légère de ses lèvres remonter mon torse avant de terminer avec un baiser doux dans mon cou, puis elle se blottit contre moi. Je me forçai à ouvrir les yeux et la trouvai souriante.

J'étais fini et réussis à répondre avec un faible sourire.

— Bonjour, lança-t-elle joyeusement.

Je ne pus retenir un rire.

— Bien le bonjour, si j'ose dire, réussis-je à dire en reprenant mon souffle.

Elle déposa un autre baiser dans mon cou et s'écarta, se levant du lit.

Ce n'était pas possible. Avec un effort, je me forçai à la suivre, me remettant encore de l'orgasme que je venais de vivre dans sa bouche. Je bougeai assez doucement pour qu'elle soit déjà sous la douche au moment où j'arrivai dans la salle de bain.

J'entrai derrière elle, et elle se retourna pour me lancer un autre sourire joueur.

— Qu'est-ce qui te fait rire ? demandai-je tandis qu'elle me tendait le savon.

Elle se tenait sous le jet d'eau et que des bulles de savon coulaient sur sa peau, elle avait encore un sourire aux lèvres.

— Oh, c'est juste que ça fait plaisir de te prendre par surprise. En plus, tu me gâtes trop, donc…

Ses mots s'arrêtèrent là, et elle rougit. Avec l'eau chaude, elle était déjà rose de partout, ce que j'adorais.

Ma queue oublia rapidement qu'on venait déjà de s'occuper d'elle. Je m'avançai vers Daisy. Le savon me glissa des mains, tombant sur le carrelage d'un bruit sourd. Je glissai mes mains sur ses hanches et sur son ventre avant d'attraper ses seins. Je souris en sentant son souffle sursauter. Ça ne me dérangeait pas qu'elle ait pris les commandes ce matin, mais j'adorais la voir se laisser aller. Je jouai avec ses tétons et suivis le mouvement de l'eau sur sa peau. Quand elle se cambra contre moi et murmura mon nom, je perdis encore une fois le contrôle. Je la retournai. Elle trébucha légèrement et s'appuya contre le mur pour reprendre son équilibre. Parfait. Ses fesses rondes remontaient vers moi. Je passai la main entre ses cuisses et trouvai son corps chaud, mouillé et prêt.

Dans un brouillard de désir, je positionnai ma queue devant son entrée et j'étais sur le point de plonger quand la réalité me rattrapa.

Je reculai si vite que je glissai presque sur le carrelage mouillé. Elle me regarda par-dessus son épaule.

— Qu'est-ce que tu fais ? lança-t-elle.

— Capote, lâchai-je.

Je n'avais jamais, jamais oublié de me protéger. Voilà l'effet fou que Daisy me faisait.

— Laisse tomber. Je suis complètement clean et je prends la pilule. Je sais que tu es clean aussi parce que vous avez un traitement de roi avec les docteurs du club. Alors baise-moi.

Je la fixai du regard. Dans les profondeurs de mon esprit, une voix essaya de prendre le dessus, mais je l'ignorai. Oh, je ne m'inquiétais pas pour le préservatif en soi. Non, c'était surtout ce que ça voulait dire de m'approcher autant de Daisy. Avec n'importe quelle autre femme, je n'aurais jamais envisagé ça. C'était trop intime. Je m'en fichais. La seule chose que je savais était ce que je voulais.

Je revins vers elle et passai ma paume dans son dos, savourant la cambrure de son corps sous mon toucher. Je posai ma main sur sa hanche, attrapant ma queue avant de plonger dans son antre crémeuse, m'avançant jusqu'à la garde. Sa tête tomba en avant dans un gémissement grave. Tout devint flou, la sensation de son centre délicieux qui pulsait sur moi, le son de ses cris et de ses soupirs et les sentiments qui hurlaient en moi. Tout se resserrait jusqu'à ce que je la sentis palpiter. Je passai la main autour d'elle et appuyai sur son clitoris, savourant de l'entendre crier mon nom. Être nu en elle quand elle jouissait était le plaisir le plus intense que j'aie jamais connu. Mon propre orgasme me traversa. On resta là, sous l'eau chaude, mon corps enroulé sur le sien.

Après que j'aie réussi à reprendre mon souffle, je me retirai d'elle à contrecœur. J'aurais pu mourir heureux en elle sous cette douche. Elle se redressa et se retourna doucement. Je voulais dire quelque chose, mais je semblais avoir perdu ma langue. Elle leva la main et passa un doigt sur ma clavicule puis le long de mon bras avant de se pencher pour ramasser le savon.

Plus tard ce jour-là, je repensai en boucle à cette caresse du bout du doigt. À chaque fois que j'y pensais – des centaines de fois –, mon cœur se serrait.

Chapitre Seize

DAISY

Le bruit régulier de mes pieds sur le tapis de course m'apaisait. Je courus pendant une bonne heure avant de descendre. Il pleuvait aujourd'hui, donc j'étais allée à la salle de sport plutôt qu'au parc pour courir. J'attrapai ma serviette et ma bouteille d'eau avant de me diriger vers la douche. Après m'être rapidement lavée, j'étais presque habillée quand j'entendis mon nom. Je levai les yeux et trouvai Zoe Lawson à quelques casiers de là. Elle était en train de faire ses lacets.

— Oh, salut. Je ne t'avais pas vue, dis-je en guise de salutation.

Zoe me lança un petit sourire.

— Moi non plus. C'est ça qui est marrant avec les salles de sport. Je suis tellement concentrée quand je viens là, à m'occuper de mes trucs, que je suis sûre que je rate des gens en permanence. Comment ça va ?

Zoe était fiancée à Ethan Walsh, l'ancien colocataire de Tristan et un autre joueur de foot anglais qui avait signé chez les Seattle Stars quelques années plus tôt. Zoe et moi étions amies depuis un peu plus d'un an. Elle était très intelligente et très belle avec ses longs cheveux auburn, ses yeux noisette et ses longues jambes. Comme beaucoup d'autres, j'avais été incroyablement surprise de la vitesse à laquelle Ethan était tombé amoureux d'elle. Ethan avait été un réel tombeur dans sa jeunesse. Ça n'avait jamais été un connard, mais il n'avait jamais envisagé quoi que ce soit de sérieux. Il avait rencontré Zoe et avait changé du jour au lendemain. Ils étaient presque plan-plan maintenant et venaient d'acheter une jolie maison dans un quartier résidentiel de Seattle.

— Ça va bien, et toi ? demandai-je en retour.

Zoe laça sa deuxième chaussure et se redressa avant de faire son sac.

— Super. Toujours super occupée, mais c'est une bonne chose.

On souleva nos sacs au même moment et elle me regarda. Avec un rire, je fis un signe vers la porte.

— On y va ?

On papota dans le couloir vers la porte de sortie puis on s'arrêta une fois dehors. Zoe me regarda.

— J'étais sur le point d'aller prendre un café avant de retourner au bureau, tu veux venir avec moi ?

— Avec plaisir. Où ça ?

— Mon café préféré, c'est le Desert Isle Coffee, mais si...

J'acquiesçais déjà, donc elle se tut et haussa un sourcil.

— C'est mon café préféré aussi. Allons-y.

On marcha quelques minutes vers le Desert Isle Coffee et on fit la queue ensemble. Une fois qu'on fut installées, Zoe prit une longue gorgée de son café et me regarda.

— Ça te dérange si je te pose une question ?

Je me demandai immédiatement ce qu'elle voulait savoir, mais j'acquiesçai.

— Tu sors avec Tristan ?

Je réussis à ne pas rester bouchée bée comme une idiote, mais ça ne passa pas loin.

— Euh, non. Pourquoi tu demandes ça ? tentai-je, en me demandant comment elle pouvait être au courant à propos de Tristan et moi.

— Oh, c'est parce qu'on vous a vus diner ensemble avec Ethan, la semaine dernière. Il voulait venir vous dire bonjour, mais je lui ai dit de ne pas le faire parce que vous aviez l'air d'être en rendez-vous romantique, expliqua-t-elle.

Pour la millième fois de ma vie, je regrettai ma peau claire. Je savais que mes joues étaient rouges et que je ne pouvais rien faire pour m'en cacher. J'hésitai à continuer de mentir, mais je réalisai que Zoe était peut-être la bonne personne à qui parler. Être fiancée à Ethan lui donnait sans doute plus d'informations sur Tristan que mes autres amies, puisqu'Ethan et Tristan étaient meilleurs amis.

Je pris une gorgée de café pour me donner du courage avant de poser ma tasse.

— Oui, bon, d'accord, peut-être qu'on se voit un peu. Mais je préférerais que ça ne se sache pas, si tu veux bien.

Zoe pencha la tête et acquiesça doucement.

— Bien sûr. À part toi et les filles, à qui dirais-je ça de toute façon ?

— Bah, c'est ça le truc. Olivia et Harper ne sont pas au courant.

Zoe écarquilla les yeux.

— Oh.

Elle n'en dit pas plus.

Je levai les yeux au ciel et écartai les doutes qui me prenaient la tête.

— Oui, oh. Je ne sais vraiment pas à quoi on joue.

Je te raconte : l'année dernière, on a échangé un baiser de fou. Je savais qu'il ne voulait rien de plus, donc j'ai mis un stop. Ce n'est pas un secret que j'aimerais bien me caser. Bref, je l'ai croisé au boulot, parce qu'il remplace quelqu'un sur l'un des projets de recherche que je supervise pendant les deux mois à venir.

Je me tus, car je n'avais pas grand-chose à dire d'autre. Il m'avait embrassée et j'avais fondu ? Je ne voulais pas avoir l'air d'une fille faible. Je pris une autre gorgée de café et soupirai. Pendant ce temps, Zoe attendit patiemment. C'était quelque chose que j'aimais chez elle. Elle ne se pressait pas pour répondre à tout, pas comme moi.

— Arf. C'est tellement gênant, dis-je enfin avec un autre sourire.

Zoe sourit doucement.

— Ah, tu sais, je peux comprendre. Si j'essayais d'expliquer ce qu'il s'était passé entre Ethan et moi au début de notre histoire, je serais encore rouge comme une tomate. Mais comme d'habitude tu n'es pas timide quand il s'agit de parler des hommes, je vais supposer qu'il te plait. Et vu comment il te regardait l'autre soir, je pense que je sais ce que Tristan pense de toi, dit-elle avec un rire grave.

J'avais l'impression d'être affamée et qu'elle me lançait à manger.

— Comment ça ? demandai-je rapidement.

Trop rapidement.

— C'est juste qu'il te dévorait presque du regard.

Elle se tut et passa un doigt sur le bord de sa tasse.

— Il y a une raison pour laquelle vous gardez ça secret ?

Je fis tourner le bracelet en argent que je portais au poignet et réfléchis à sa question.

— Pas de bonne raison, à part le fait que j'ai peur

d'être complètement idiote. Je ne veux pas vraiment d'histoire légère, et tout le monde sait que Tristan ne veut pas d'une relation. Et on n'en serait pas là s'il n'y avait pas d'alchimie entre nous. Je ne voulais pas que nos amis s'inquiètent, donc je n'ai rien dit.

Zoe me lança un regard lourd de sous-entendus.

— J'ai tout gâché parce qu'Ethan et moi vous avons vus. Mais voilà ce que je pense. Avant de vous avoir vus ensemble l'autre soir, j'avais remarqué que Tristan faisait très attention à toi. Il fait peut-être genre qu'il essaie d'éviter les relations sérieuses pour toujours, mais j'en doute. Vu comme il te regardait l'autre soir, c'est évident que tu lui plais. Je l'ai vu avec d'autres femmes. Crois-moi, je ne l'ai jamais vu regarder quelqu'un de cette façon.

— C'est juste du désir, dis-je en haussant les épaules, refusant le sentiment qui montait en moi.

Zoe secoua fermement la tête.

— Ce n'est pas juste du désir. Oui, c'est évident qu'il y a de ça, mais c'est plus que ça. Peut-être que tu devrais essayer de lui parler.

Comme cela semblait toujours être le cas à propos de Tristan, je parlai avant de réfléchir.

— Oh, on a parlé. On a passé un accord. Un mois et puis c'est tout.

Zoe écarquilla les yeux.

— Un mois de quoi ?

— De sexe.

— T'es sérieuse ? Vous avez vraiment dit ça comme ça ?

Je n'avais pas envie de parler du fait que je l'avais presque défié en lui annonçant que je n'avais jamais eu d'orgasme avec un partenaire. Je n'étais pas coincée, mais je n'aimais pas me sentir si vulnérable, donc je ne voulais pas parler de ça.

— Ouais. Un mois, puis...

Je laissai ma phrase en suspens, car je ne savais pas ce qui était censé se passer après ça. L'espoir frappait aux portes de mon cœur.

— Et après quoi ?

Zoe posa la question évidente.

Je haussai les épaules.

— Je ne sais pas.

Zoe prit une gorgée de café et me regarda avec attention.

— Il te plait, tu lui plais. Pourquoi avoir passé cet accord idiot de CDD ?

— Parce que.

C'était la meilleure explication que je puisse proposer. Je ne partageai pas les doutes qui m'encombraient l'esprit. J'avais déjà l'impression que la fin de ce mois arrivait à grands pas.

— Je vais dire à Ethan de creuser un peu pour moi. Je te dirai ce que j'apprends. Donne-moi quelques jours.

Mon cœur s'emballa, mais je lui dis de se calmer rapidement.

— Pas besoin de faire ça. C'est un peu trop lycéen pour moi. En plus, si tu en parles à Ethan, il risque d'en parler à quelqu'un d'autre et tout le monde sera au courant.

Zoe leva les yeux au ciel.

— Le début d'une histoire d'amour, c'est toujours un peu un truc de lycéen. Je ne pense pas qu'on grandisse vraiment un jour. Mais c'est bien plus puéril de cacher quelque chose à tes amis. Je ne dis pas ça pour te faire chier, je te le fais juste remarquer.

Je plantai ma tête entre mes mains et soupirai.

—Je sais, marmonnai-je.

Je me forçai à lever les yeux parce que je ne voulais pas être aussi poule mouillée que ça.

— Ouais. Ça rend tout super dramatique, et c'est ridicule. On est amis et on n'a que des amis en commun. Je ne sais pas pourquoi ça me fait autant bizarre.

— Pas besoin d'être gênée. Honnêtement, je faisais de mon mieux pour garder le secret avec Ethan et pour que personne ne sache qu'on était ensemble, alors je sais exactement ce que tu ressens.

— Ouais, mais tu avais une raison en soi. Moi, non.

Zoe leva les yeux au ciel.

— Ouais, je couchais avec un client. Ça ne rend pas la raison meilleure, dit-elle avec un rire malin.

Son rire s'éteignit.

— Je crois que tu devrais soit mettre fin à cette histoire, soit voir pourquoi tu marches autant sur des œufs.

L'idée de ne plus passer de nuits comme la nuit dernière avec Tristan me fit si mal au cœur que j'avais l'impression d'avoir perdu une partie de moi. Quoi que Zoe vît sur mon visage, son regard s'adoucit.

— Donc tu n'as vraiment pas envie d'arrêter. Dans ce cas, je dirais fonce. Sans te cacher, laisse-toi juste vivre le truc. Oh, et laisse-moi fouiner. Ethan sait faire parler Tristan, et si je lui demande de ne rien dire, il le fera. Je sais qu'il aime faire des blagues, mais c'est un vrai nounours et il ne ferait rien qui risquerait de te mettre mal à l'aise.

Je la fixai du regard. Même si c'était complètement fou, elle n'avait pas tort. Une grande partie de ce qui me mettait à côté de mes pompes dans cette histoire était que je n'avais pas l'habitude d'être entre deux chaises comme ça. Et puis zut. Il n'y avait pas besoin de mentir sur ce qu'il se passait. Il valait mieux que je traite Tristan comme n'importe quel homme avec qui je sortais.

— Tu as raison, dis-je fermement. Je suis ridicule. Je ne vais pas me cacher. Et fouine autant que tu peux. Dis-moi ce que tu apprends.

— Ça marche, répondit Zoe avec un clin d'œil.

Chapitre Dix-Sept

TRISTAN

J'étais assis sur le banc des vestiaires à boire une bouteille d'eau. On avait eu un entrainement long aujourd'hui. Qui avait paru encore plus long quand le nouveau joueur s'était pris le chou avec Liam. Roddy Shaw avait du mal à tisser des liens avec l'équipe, uniquement à cause de son attitude arrogante. Il faut avoir confiance en ses capacités quand on joue à ce niveau. On ne sert pas à grand-chose quand on ne se croit pas capable de faire ce qu'on a à faire pour l'équipe. Mais faire partie d'un groupe signifie aussi savoir respecter les autres. Je croyais profondément en l'idée qu'on ne cesse jamais d'apprendre et de grandir dans ce sport. J'étais un bien meilleur joueur maintenant que quelques années plus tôt, en grande partie parce que je n'avais jamais cessé de travailler. Quand on est jeune, c'est facile de se dire qu'on est au sommet. À 32 ans, la plupart des gens me voient jeune. Mais dans le monde du sport, je suis plutôt en milieu voire fin de carrière.

Roddy était jeune, mais il avait débarqué en diva, comme si l'équipe lui appartenait. Le fait que Roddy ose contrer le jugement de Liam sur nos stratégies était incompréhensible. Ce môme n'avait jamais joué dans un vrai match pro et il pensait qu'il en savait plus que nous. Bref. Je passais le temps en me disant que Liam aurait sans doute envie d'aller boire un verre pour évacuer un peu de la frustration accumulée pendant cet entrainement.

J'entendis des pas et levai les yeux, trouvant Ethan qui faisait le tour des casiers. Il s'assit sur le banc en face de moi, pile en face.

— Tu attends Liam ? demanda-t-il.

J'acquiesçai.

Il passa une main dans ses cheveux humides et leva les yeux au ciel.

— Il a des sacrées chevilles ce Roddy, hein ?

Je levai les yeux au ciel et jetai ma bouteille d'eau vide dans la poubelle de recyclage.

— C'est une façon polie de le dire. Liam était vachement remonté, et je ne peux pas lui en vouloir.

— Nan. Moi non plus. Tu crois que Roddy va rester longtemps ?

— Vu les standards du coach ? demandai-je en retour.

Le coach Hoffman était une légende du football. C'était l'un des meilleurs joueurs offensifs de sa génération. Il n'était plus en âge de jouer, mais en tant que coach, il était assez jeune, fin de quarantaine. Il avait pris sa retraite après un accident de voiture qui avait tué sa femme et sa fille et l'avait laissé bien amoché. Je le respectais profondément. Et en dehors de son talent de joueur, c'était un coach intransigeant. Il ne tolérait pas vraiment les joueurs qui n'avaient pas d'esprit d'équipe. Roddy n'en avait clairement pas.

Quand Ethan hocha la tête, je haussai les épaules.

— J'en sais rien. S'il continue comme ça, je pense

qu'il ne fera pas long feu. Avec ce genre de tensions dans l'équipe, ça ne marchera jamais. Il arrive comme s'il était déjà capitaine alors qu'il est à peine sorti de la fac. Même s'il avait plus d'expérience, il n'y a pas une seule équipe pro qui voudrait de lui comme capitaine. C'est un petit con.

Ethan siffla gravement.

— Eh bah. Tu es vraiment hors de toi, ce qui me donne une indication sur ce que pense le reste de l'équipe. Toi et Alex êtes les deux gars les plus calmes qu'on ait. Il m'a dit ce qu'il en pensait sur le terrain. Il n'a pas de temps à donner à ce genre de conneries.

— Et c'est pareil pour tout le monde.

Le son distinct de baskets de sport sur le béton s'approcha de nous. On leva tous les deux les yeux pour voir Liam s'approcher des casiers. Il s'installa sur le banc à côté de moi avec un soupir.

— Quoi de neuf les gars ? demanda-t-il.

— On s'est dit que tu aurais peut-être envie d'aller boire une bière, répondit-il.

— Ce serait avec grand plaisir, répondit-il immédiatement.

— Alex est là ? demanda Ethan.

— Nan, la voiture d'Harper est au garage ou un truc du genre, donc il est allé la chercher au boulot. Il est déjà parti, expliqua Liam.

On se leva tous les trois comme un seul homme et on se dirigea vers la sortie. Nous n'avions même pas besoin de décider où aller. Nous avions plusieurs bars préférés dans le coin. On se dirigea vers une brasserie non loin et on s'installa à une table dans un coin.

En mangeant des burgers et en buvant des bières, on parla de la malchance de Liam d'être notre meneur de jeu, car cela voulait dire qu'il était en première ligne pour se prendre le chou avec Roddy.

— Cet idiot pense qu'il devrait choisir les tactiques parce qu'il a joué dans la même position que moi à la fac, dit Liam d'un ton sidéré.

Ethan rit et attrapa une frite.

— On devrait prendre les paris sur le temps qu'il lui faudra pour se faire virer.

On réussit à passer à un autre sujet quand Ethan commença à nous raconter quelques anecdotes amusantes entre une Zoe autoritaire et le menuisier qui faisait des rénovations dans leur maison. Sans que je le voie venir, il me sauta dessus.

— Ah oui, je suis censé te poser des questions sur Daisy, dit Ethan en se tournant vers moi. On vous a vus diner ensemble l'autre soir. Zoe m'a dit que c'était un secret, mais elle veut que je t'en parle.

J'ouvris la bouche sans pouvoir m'en empêcher. Je me forçai à la refermer au moment où Liam explosa de rire, alors que mon esprit se verrouillait et que j'essayais de cacher mon désarroi.

Quand Liam reprit son souffle, il secoua la tête.

— Mec, si c'est elle qui t'a dit de rester discret, crois-moi, tu en as déjà trop dit.

Ethan eut l'air outré.

— Comment ça ? Je pose juste une question.

— Oui, mais je suis là. Donc maintenant, je suis au courant aussi, clarifia Liam.

Il tourna un regard joueur vers moi.

— Alors, on dine avec Daisy maintenant ?

Je les regardai tous les deux avant de hausser les épaules, en essayant de rester léger.

— C'est un problème ?

— Zoe pense qu'elle te plait, et elle veut que je confirme. Elle a même dit que je devais jouer l'espion, expliqua Ethan.

— C'était juste un diner. Quand est-ce que tu nous

as vus ? demandai-je en sachant très bien que s'ils nous avaient vus diner ensemble, il était fort possible qu'ils aient remarqué la façon dont je regardais Daisy.

Je ne savais pas quoi faire d'elle. Tout dans la façon dont je réagissais à Daisy était nouveau pour moi. Au lieu de me la sortir de la tête, plus je passais de temps avec elle, plus elle m'obsédait. Cette histoire était en train de se transformer en désastre comme je le craignais. Je ne pouvais pas contrôler mes sentiments à coup de raison.

Liam termina sa bière et me lança un sourire malin.

— T'as l'air un peu grognon, Tristan.

Je n'allais pas me laisser avoir, je me contentai de lever les yeux au ciel et regardai Ethan.

— Au resto de fusion la semaine dernière, je me rappelle plus le nom. Zoe croit, eh bah, elle croit tout un tas de choses. Je crois qu'elle est peut-être un peu protectrice envers Daisy.

— Comment ça ? demandai-je.

Comme un idiot. Je n'avais pas besoin de m'enfoncer plus loin dans cette conversation, mais je semblais incapable de m'arrêter.

Ethan me regarda un instant.

— Eh bah, elle pense que ce ne serait pas cool si tu traitais Daisy comme toutes les autres. Elle dit que Daisy n'est pas ce genre de nana et que c'est notre amie.

Bon sang. Exactement ce qu'il me fallait. Nos amis communs mettaient le nez dans nos affaires.

— Qu'est-ce que ça veut dire « toutes les autres » ?

Liam, qui ne ratait jamais une occasion de mettre son grain de sel, prit la parole.

— Mec, depuis que je te connais, tu dis toujours que le sérieux ce n'est pas pour toi. Tu vois le sexe comme un rendez-vous chez le médecin, en un peu plus marrant. J'ai l'impression que tu crois tout savoir, mais si tu veux mon avis, je pense que la moitié des femmes avec qui tu as tes petits accords en veulent plus, mais elles prennent ce que tu proposes parce que tu es toi. Daisy cherche quelque chose de sérieux depuis aussi longtemps que je la connaisse. Olivia m'a dit qu'elle s'inquiétait un peu parce que Daisy ne sortait plus avec personne ces derniers temps. Elle pense que toute cette histoire la déprime.

Je regardai Liam, puis Ethan et trouvai Ethan en train de hocher la tête. Oh merde. Ce n'était pas ce dont j'avais besoin. Ce qu'ils suggéraient me vexait.

— Je ne suis pas un con qui profite des femmes. Je m'assure toujours que tout soit super clair dès le début. Je suis bien plus respectueux que vous à vos grandes époques., dis-je en essayant de ne pas paraitre trop agacé ou sur la défensive.

— Oh, ne le prends pas comme ça. Tu me connais, je comprends. Bon sang, j'étais un peu comme toi, même si je m'amusais plus, dit Liam avec un rire.

Ethan leva les yeux au ciel.

— Je ne pense pas que tu aies fait quoi que ce soit de mal. Je crois juste qu'il faut que tu fasses attention. Daisy a peut-être des attentes et c'est une amie.

Je les regardai tous les deux encore une fois et retins un soupir. Je n'arrivais pas à croire que deux de mes meilleurs amis me faisaient la leçon sur le fait de faire attention à Daisy. J'aurais préféré perdre un bras plutôt que de la blesser. L'idée même me rendait malade. Cette pensée me mit mal à l'aise. Je ne lui avais fait aucune promesse. D'ailleurs, je nous avais même mis une limite de temps. Un mois, et il ne restait plus que vingt jours depuis que j'avais lancé le sablier. Penser au peu de temps qu'il me restait me mit de mauvaise humeur. Je débattais déjà tout seul dans ma tête, en envisageant d'ajouter un mois. Peut-être que c'était ce dont nous avions besoin pour écouler le désir qui me dévorait vivant.

Vingt jours, ce n'était rien. Je savais déjà que ce ne serait pas assez de temps avec elle. Mais essayer de penser à ce que cela impliquait faisait dérailler mon cerveau.

Je me donnai une secousse mentale et essayai de changer le sujet avec Liam et Ethan, tout en me demandant ce que j'allais bien pouvoir faire. Je quittai le bar dans tous mes états et agité après leur avoir promis que je ne ferais jamais de mal à Daisy.

Une promesse que je n'étais pas certain de pouvoir tenir et une promesse qui me faisait me demander si mon cœur était autant en jeu que le sien.

Chapitre Dix-Huit

DAISY

— Excusez-moi ? demandai-je, prise complètement de court par la question du docteur.

— Je vous ai demandé si vous voudriez diner avec moi, expliqua Jeff Miller.

J'étais en rendez-vous à l'hôpital, à parler des données d'une autre étude que celle dont Tristan s'occupait temporairement. Le docteur Jeff Miller était un homme plutôt beau avec des cheveux blond sombre, des yeux marron et des traits anguleux. J'étais certaine qu'il passait beaucoup de temps à la salle de sport. Je le fixai du regard, en me disant que quelques semaines plus tôt j'aurais été flattée. Non pas que je sentais une étincelle entre nous. Je ne sentais rien. Rien du tout, mais il était beau et intelligent. Avant Tristan, je me serais dit que ça valait la peine d'apprendre à le connaitre pour voir si quelque chose pouvait se construire entre nous.

Mais la seule chose à laquelle je pouvais penser était Tristan. Nous avions encore passé la nuit ensemble la veille. Ici, tout de suite, juste après qu'un homme gentil m'eut invité à diner, je m'excitais à la simple pensée de Tristan. Il faisait ses preuves à répétition. La nuit dernière, il m'avait fait jouir avec sa bouche et ses doigts. Puis il m'avait fait grimper aux rideaux, encore et encore, avec de longs et lents coups de reins.

Je n'arrivais même pas à envisager de voir quelqu'un d'autre. Mais je commençais à m'inquiéter un peu pour l'état de mon cœur. J'écartai ces pensées d'un grand coup avant de lancer un sourire poli à Jeff.

— Merci, mais non.

Jeff ne perdit pas une seconde et hocha la tête.

— Compris. J'imagine que vous avez des règles sur le fait de ne pas mélanger le privé et le professionnel.

Je haussai les épaules et souris doucement.

— Quelque chose de ce genre.

Ce n'était pas complètement un mensonge. J'essayais toujours de faire attention à cette limite, mais ce n'était pas une règle. C'était juste que je ne pouvais pas vraiment répondre : « En fait, je me tape le docteur Wells et tous les autres hommes font pâle figure à côté de lui. Pour toujours, sans doute. »

Avais-je déjà dit que j'étais complètement foutue ? Je m'enfonçais si loin que j'avais peur de me noyer.

Jeff était assez classe pour ne pas rendre ce moment gênant et on continua notre conversation. Je lui montrais quelque chose dans notre système de données quand quelqu'un frappa à la porte.

— Entrez, lança Jeff.

La porte s'ouvrit et le docteur Horton se tenait là, avec Tristan.

Le docteur Horton était mon contact principal dans cet hôpital, mais il avait pris un congé long récemment. Je ne m'attendais pas à ce qu'il revienne si tôt.

Il me regarda et regarda Jeff avec un grand sourire.

Avec ses lunettes rondes, ses yeux bleus chaleureux et son air joyeux, c'était impossible de ne pas lui renvoyer ses sourires.

— Daisy, je me suis dit que nous allions vous trouver là. Je disais justement à Tristan que ce serait une bonne chose qu'il se joigne à votre rendez-vous avec Jeff. Je suis certain que vous avez remarqué que l'étude dont il se charge se déroule à merveille, dit le docteur Horton en s'avançant vers moi.

Je me levai de ma chaise et tendis le bras pour lui serrer la main, mais il me donna une claque sur l'épaule à la place. Je sentis les yeux de Tristan sur moi et le regardai avec un sourire prudent et poli. J'espérais que ma façade calme et professionnelle tiendrait face au battement sauvage de mon cœur et aux papillons dans mon ventre.

— Bonjour Daisy, dit Tristan avec un hochement de tête en restant là où il s'était arrêté, au niveau de la table ronde.

— Je ne m'attendais pas à vous retrouver ici de sitôt, dis-je au docteur Horton. Bien sûr, j'en suis ravie. J'espère juste que vous n'avez pas écourté vos vacances parce que le travail vous manquait.

Le docteur Horton recula et me lança un sourire amusé.

— Ah, vous savez bien que j'adore mon boulot. Ma femme a attrapé un mauvais virus intestinal pendant notre croisière, donc la seule chose qu'elle voulait était de rentrer. On a décidé d'essayer un autre voyage l'année prochaine, et en attendant, je suis de retour en avance. Pas d'inquiétude cependant. J'ai eu trois mois de repos. Je ne suis là qu'un mois en avance.

Il se tut et nous regarda tous.

— Alors, comment ça se passe avec cette étude ? demanda-t-il en regardant Jeff.

— Comme vous l'avez dit plus tôt, commença Jeff, en faisant clairement référence à une conversation passée avec le docteur Horton, nous avons eu quelques problèmes avec les outils de tri pour celle-ci. Mon équipe a également ressenti quelques frustrations dans l'utilisation des deux systèmes informatiques différents.

Je restai silencieuse. Mon opinion à ce sujet était que Jeff ne semblait pas insister sur les données nécessaires dans le test de ce médicament. Étant donné qu'il faisait partie de cette étude, dire qu'il était à côté de la plaque là-dessus était un euphémisme. C'était un problème incontournable. C'était un problème qui ne s'était jamais présenté dans l'étude que Tristan gérait, mais c'était sans doute parce qu'il savait gérer une équipe. Jeff avait tendance à toujours caresser dans le sens du poil, ce qui laissait sans doute croire à son équipe qu'ils pouvaient faire ce qu'ils voulaient.

Ça m'énervait au plus haut point de respecter autant Tristan. Au-delà du fait qu'il pouvait me faire fondre d'un regard ces jours-ci, il incarnait presque mon homme idéal. J'écoutai poliment le docteur Horton, Jeff et Tristan pendant qu'ils parlèrent de quelques problèmes. Ma présence n'était pas réellement nécessaire, mais je n'avais pas l'impression de pouvoir partir. Pendant ce temps, mon esprit revint à Tristan et aux implications du retour du docteur Horton. Il restait encore deux semaines à notre arrangement, mais je savais que j'allais le voir une fois par semaine pendant les six semaines à venir. Je n'aimais vraiment pas me dire ça, mais j'avais été assez naïve pour compter sur ces semaines supplémentaires, en me disant que ça me donnerait peut-être plus de temps avec lui.

Oh bon Dieu. Ça n'allait pas.

— Daisy ?

La voix du docteur Horton me sortit de mes pensées perdues.

— Oui ?

— J'aimerais que vous continuiez vos rendez-vous hebdomadaires avec Tristan et Jeff pendant quelques semaines de plus. J'ai d'autres projets sur lesquels j'aimerais me concentrer, et beaucoup de choses à rattraper.

Mon cœur fit une danse de la joie. Ça ne me dérangeait pas de travailler avec Jeff, mais j'étais absolument ravie d'avoir l'occasion de revoir Tristan après la fin de notre mois négocié. Voilà l'état dans lequel j'étais.

— Bien sûr, dis-je en m'assurant de maintenir un ton calme et une expression polie.

— Parfait. Vous savez où me trouver si vous avez besoin de moi, répondit le docteur Horton avec un grand sourire.

Il dit au revoir, et me laissa seule avec Jeff et Tristan. Je les regardai tous les deux.

— Y avait-il autre chose qu'il fallait qu'on voie ? demandai-je en regardant Jeff.

— Je ne crois pas. Je verrai avec mon équipe pour le problème de collecte des données et je m'assurerai qu'ils font leur boulot.

Il se tut et regarda Tristan.

— Au cas où vous ne seriez pas au courant, la docteure Knight n'est pas sur le marché, dit-il avec un clin d'œil et un sourire malin.

Eh bien, c'était un peu gênant, en plus de me mettre hors de moi. Avant que je n'aie le temps d'ouvrir la bouche, Tristan lui lança un regard noir.

— Excuse-toi, dit-il froidement.

Jeff, qui venait de révéler sa mentalité de con qui

traite les femmes comme de la viande, eut l'air un peu surpris.

— Mec, je plaisantais. C'était un compliment en plus.

Je le fixai du regard.

— Désolée, mais non. Je suis là en tant que professionnelle. Il n'y a aucune raison que vous supposiez quoi que ce soit, surtout qu'il n'y a aucune raison d'annoncer à mes collègues que je ne suis pas sur le marché. Vous m'avez invitée à diner. J'ai dit non. C'est tout. Si vous pensiez que ça n'avait rien à voir avec vous, vous pouvez reconsidérer la question.

Les yeux de Tristan passèrent de moi à Jeff.

— Il est clair que la docteure Knight peut se défendre. On traite nos collègues de façon respectueuse ici. Ne l'oubliez pas à l'avenir, dit-il courtoisement.

Je sentais qu'il avait envie d'en dire plus, mais ne le fit pas. Sa mâchoire était serrée et ses épaules tendues. Jeff soutint son regard puis se tourna vers moi.

— Toutes mes excuses.

Je hochai la tête et détournai le regard. Tristan me suivit et ouvrit la porte devant moi, me faisant signe de passer. On resta silencieux tandis qu'on se mettait à marcher vers son bureau, qui était deux étages plus haut, de l'autre côté de l'hôpital. Je sentais une tension émaner de Tristan, mais il ne disait rien. On attendit l'ascenseur en silence. Quand il appuya sur le mauvais étage, je le regardai.

— Ton bureau est au troisième étage.

Il me regarda enfin et mon cœur se serra. Ses yeux étaient sombres et je voyais un muscle palpiter dans sa mâchoire. Il regarda l'écran au-dessus de la porte de l'ascenseur qui indiquait l'étage que nous passions. Soudainement, il appuya sur le bouton d'arrêt et l'ascenseur ralentit. Avant que je ne puisse lui demander ce qu'il faisait, il se tourna vers moi. Je me retrouvai le dos collé au mur alors qu'il s'approchait de moi. L'air autour de nous prit vie, rempli d'un désir intense. Son regard se heurta au mien, cherchant à y lire quelque chose.

— Tristan, qu'est-ce que tu...

Mes mots se perdirent dans son baiser. Il posa sa bouche sur la mienne, plongeant sa langue entre mes lèvres. Il n'y eut pas d'échauffement. En quelques secondes, j'étais brûlante de l'intérieur, cambrée contre lui, mes mains avides tirant sur sa chemise pour que je puisse sentir sa peau. Je grognai dans sa bouche quand ma main trouva les pans durs de son torse, sa peau chaude et lisse. Il arracha sa bouche à la mienne et prit une bouffée d'air. L'une de ses mains était emmêlée dans mes cheveux, l'autre tenait mon sein.

Dans le petit espace de cet ascenseur, c'était comme si nous étions seuls au monde. Le son de nos respirations lourdes emplissait l'espace. Mon cœur résonnait dans mon corps, chaque battement alimentant le crescendo de désir en moi. Son front tomba contre le mien alors qu'il transformait sa prise dans mes cheveux en une caresse.

— Miller t'a invitée à diner, dit-il, c'était une affirmation plus qu'une question.

J'ouvris les yeux pour trouver les siens, juste là. J'acquiesçai, à peine.

—J'ai dit non, murmurai-je.

Je ne savais pas pourquoi je ressentais le besoin de lui expliquer, mais je ne pouvais m'en empêcher. Ce n'était pas comme si Tristan et moi étions dans une relation sérieuse. Il avait été très clair là-dessus. Mais c'était moi qui lui avais demandé de ne voir personne d'autre pendant ce mois. Donc je ressentais le besoin de lui assurer que je respectais cette règle.

Je ne pouvais pas lui dire la vérité − le fait que je n'arrivais même plus à imaginer être avec quelqu'un d'autre que lui, même après ce mois. J'en voulais plus, tellement plus, mais ça n'avait pas d'importance. Je m'étais lancée dans cette aventure en toute connaissance de cause. Nous avions un mois pour que je jouisse aussi souvent que possible. Et même si mon corps vibrait de désir, je n'étais pas encore perdue dedans. Ce moment était intense, sauvage et intime d'une nouvelle façon.

Ses yeux cherchaient les miens. Je sentais le battement régulier de son cœur contre ma paume. Alors que mon cœur battait si fort que j'étais certaine qu'il pouvait l'entendre.

— Je n'ai pas le droit d'avoir une opinion, mais je suis content que tu aies dit non, murmura-t-il.

— Pourquoi ?

Ce mot s'échappa de ma bouche, avec une envie folle d'être entendu. Il resta silencieux un long moment, si long que j'en souffrais. Je le voulais. De façon si puissante et de tant de manières qui n'étaient pas raisonnables. Si seulement c'était purement physique, ce serait simple.

— Parce que je n'aime pas t'imaginer avec qui que ce soit d'autre, dit-il enfin.

Sa voix était grave et rauque et enveloppa mon cœur d'une douce chaleur. Je n'aurais pas dû savourer ce moment, mais j'aimais savoir qu'il était jaloux.

— Tu as dit un mois.

Encore une fois, ma bouche était à des années-lumière de mon cerveau. Je ne voulais pas vraiment débattre de tout ça tout de suite.

— J'ai dit qu'on verrait dans un mois, répondit-il sans jamais me quitter des yeux.

Je déglutis, pour essayer de contrôler le battement sauvage de mon cœur alors que l'espoir hurlait en moi. Il y avait tant de choses que je voulais dire, mais aucune d'entre elles n'avait de sens. Pas tout de suite. Pour une fois, mon cerveau était à jour et réussit à me faire taire. « Oh » fut le seul mot à sortir de ma bouche.

L'air était lourd de désir, et l'intimité qui vibrait autour de nous me faisait me sentir vulnérable. Je commençai à me sentir anxieuse. Comme s'il pouvait lire le changement, il baissa la tête et commença à déposer des baisers dans mon cou. Des frissons chauds me traversèrent et j'oubliai immédiatement le monde entier ; seuls son corps dur pressé contre le mien, sa queue logée contre mon centre et ses lèvres sur ma peau comptaient.

L'ascenseur se remit en mouvement soudainement. Au petit mouvement, il leva la tête.

— Bordel, marmonna-t-il.

Il recula et je m'écartai rapidement du mur. On ajusta rapidement nos vêtements. Je pensais avoir tout remis en place jusqu'à ce qu'il ajuste mon col. Je rougis à la caresse de ses doigts sur ma peau.

Je levai les yeux rapidement, trouvant son regard sombre et chaud fixé sur moi. Il ne dit pas un mot, mais je vis quelque chose traverser la profondeur de ses yeux. L'ascenseur s'arrêta et il recula rapidement, baissant la main. Les portes s'ouvrirent et une infirmière joyeuse se tenait là, avec une vieille dame en fauteuil roulant.

— Eh bien bonjour docteur Wells, dit l'infirmière en faisant entrer sa patiente dans l'ascenseur.

Une fois qu'elles furent entrées, l'infirmière se retourna de telle façon à ce que la dame en fauteuil soit entre Tristan et moi. Sans qu'on lui demande, il se pencha pour ajuster le repose-pied du fauteuil.

La femme le regarda et lui lança un sourire.

— Un vrai gentleman, hein ?

Je me mordis la lèvre pour ne pas rire. Elle se tourna vers moi. Elle avait des cheveux bouclés gris, des yeux bleus pétillants et un sourire d'enfant.

— Vous n'êtes pas d'accord ? me demanda-t-elle.

— Bien sûr. Le docteur Wells est un parfait gentleman.

Son regard passa de lui à moi avant qu'elle ne sourie plus largement.

— Oh, ce n'est pas « docteur Wells » pour toi, ma chère.

Mes joues chauffèrent et je ne pus m'empêcher de jeter un œil à Tristan qui se mordait la joue pour ne pas exploser de rire. Quand je ne répondis pas, elle haussa les épaules.

— Je suis vieille, donc j'ai beaucoup d'expérience. Je sais quand je vois quelque chose. En plus, tu as les lèvres toutes rouges. Je suis sûre que ce gentleman de docteur Wells était en train de t'embrasser, ou peut-être que c'est toi qui as commencé. Tu as l'air un peu autoritaire.

Toute cette histoire était parfaitement ridicule, et je me mis à rire. Elle se mit à rire avec moi. Quand je repris mon souffle, je baissai les yeux vers elle.

— Y a-t-il autre chose à propos de moi que vous voulez m'apprendre ?

Elle pencha la tête sur le côté.

— Non, ma chère. Il est ravissant et il t'aime bien.

Sur ces mots, l'ascenseur s'arrêta. L'infirmière riait doucement quand elle passa devant nous. Tristan trouva mon regard, retenant à peine son sourire.

— C'est mon étage. Comme le docteur Horton est revenu, ils m'ont mis là pour mon dernier mois.

J'acquiesçai simplement. Quand je ne bougeai pas, il haussa un sourcil.

— On n'a pas rendez-vous ?

Doux Jésus. J'avais complètement oublié que j'avais du boulot. Je rassemblai ma dignité et le suivis dans le couloir, en me demandant si l'on pouvait verrouiller la porte et oublier le reste du monde un instant.

Chapitre Dix-Neuf

TRISTAN

J'étais remonté. J'avais des raisons parfaitement respectables et professionnelles de rappeler à Daisy que nous avions un rendez-vous hebdomadaire. Notre rendez-vous était souvent parfaitement inutile, et je le savais bien. Les données qu'elle aimait vérifier étaient à jour. Il n'y avait pas grand-chose à voir ensemble. J'avais compris qu'elle était un peu micromanageuse sur les études médicales qu'elle dirigeait. Et j'adorais ça chez elle. Ça m'excitait.

J'aurais pu la laisser passer au reste de sa journée. Mais j'avais besoin d'elle. Tout de suite.

Ma queue était dure comme la pierre depuis qu'on était montés dans l'ascenseur. J'étais plutôt content que toutes les personnes que nous croisions dans cette partie de l'hôpital aient le nez sur un téléphone ou nous ignorent presque. Daisy marchait à mes côtés, ses petits talons claquant en rythme sur le sol. Encore une fois, elle portait une tenue appropriée. C'était une jupe noire ajustée qui s'évasait au niveau du genou, un chemisier couleur crème et de petits talons, qu'elle semblait aimer. Bien sûr, dès qu'on la regardait plus d'une minute, il était impossible de ne pas remarquer que son chemisier était légèrement tendu au niveau de ses seins.

J'étais prêt à parier qu'elle portait l'un de ses soutiens-gorge en soie couleur chair et le string qui allait avec. J'avais commencé à comprendre qu'elle aimait assortir sa lingerie à sa tenue. Ce qui voulait dire que la soie couleur crème était la note du jour. Le simple fait d'y penser me fit bander encore plus et saliver par-dessus.

J'avais l'impression que le chemin vers mon bureau était interminable. J'essayais, oh j'essayais, de garder le contrôle. Je fermai la porte derrière elle et la verrouillai. Je me retournai et la trouvai en train de poser son sac sur la table. Elle se pencha pour brosser quelque chose sur la chaise à côté d'elle, me donnant une vue parfaite sur la vallée entre ses seins. Les rênes glissaient entre mes doigts. Je me tenais juste devant elle quand elle se redressa.

Elle écarquilla les yeux et son souffle se coupa. Je réussis à rassembler un peu de contrôle et à rester immobile. Un miracle quand elle était si près de moi. Après une respiration, je m'avançai pour attraper ses fesses, la collant tout contre moi. Ses joues rosirent et son souffle s'accéléra.

— J'ai envie de toi, grognai-je presque.

Ses yeux trouvèrent les miens.

— Qu'est-ce que tu attends ?

Au son de sa voix, rauque de passion et avec une pointe d'autorité, je baissai la tête et repris le baiser que nous avions abandonné dans l'ascenseur. Et maintenant j'avais presque perdu la tête face au mélange de désir et d'émotions qui tourbillonnait en moi. Je tirai sur son chemisier alors que mes lèvres, mes dents et ma langue se baladaient entre ses seins. Les boutons lâchèrent facilement, et comme prévu, son soutien-gorge était en soie crème. Ses tétons pointaient à travers la soie. Je passai ma langue sur l'un puis l'autre, savourant ses gémissements et le mouvement de ses hanches contre moi.

Merde. J'avais envie d'elle, j'avais besoin d'elle immédiatement. Je la retournai, remontant sa jupe d'un coup. Son pied se prit dans la chaise et je n'aurais pas pu espérer mieux. Elle se rattrapa sur la table tandis que j'attrapais ses hanches par réflexe. Dans cette position, ses magnifiques fesses étaient exposées, sa jupe remontée. Quand je passai un doigt le long de la bande de soie entre ses fesses, elle posa son autre main sur le bureau et se cambra vers moi. Son string était trempé.

J'étais le genre d'homme capable de prendre son temps habituellement. Avec Daisy, je n'y arrivais que de temps en temps. Elle était trop tentante, trop délicieuse, et trop de ce dont je rêvais. J'accrochai mon doigt au bord de sa culotte, la tirant vers le bas rapidement avant qu'elle ne tombe sur ses chevilles. Avec un coup de pied, elle l'écarta complètement. Je m'agenouillai et caressai ses cuisses, les écartant un petit peu.

Sa chatte, rose et brillante de mouille, était parfaitement irrésistible. Je passai ma langue sur sa fente, mes doigts plongeant dans ses hanches pour la maintenir en place. Je voulais la faire jouir si fort qu'elle y verrait double, mais elle était autoritaire et impatiente. Elle se tortilla entre deux gémissements.

— Tristan, non... Oh mon Dieu.

Je reculai.

— Non ? demandai-je en plongeant un doigt en elle.

Elle se serra sur moi.

— Je te veux en moi, murmura-t-elle après un autre gémissement.

— Mais j'y suis, contrai-je en l'étirant avec un autre doigt et en commençant des va-et-vient.

— Ce n'est pas assez, dit-elle, d'un ton plus sévère.

— Tu en es sûre ?

Je caressai son clitoris de mon pouce.

— Baise... moi, murmura-t-elle entre deux soupirs alors que ses hanches se balançaient à mon toucher.

J'avais découvert que ça ne me dérangeait pas de suivre les ordres de Daisy. En un éclair, je me redressai, libérai ma queue sans même m'embêter à baisser mon pantalon. Je la pris dans ma main et passai mon gland d'avant en arrière dans ses plis trempés.

Elle regarda par-dessus son épaule, ses grands yeux étaient marron sombre et ses lèvres roses et gonflées. Bon sang, avec ses cheveux remontés en un chignon propre, sa jupe professionnelle remontée sur ses fesses, j'avais envie de la sauter jusqu'à la fin des temps dans tous les endroits interdits. Par exemple, ici, dans mon bureau de prêt à l'hôpital, alors que nous étions censés parler des données de recherche.

Je soutins son regard et plongeai en elle lentement, jusqu'à la garde. Je ne réfléchissais pas du tout, mais si j'avais eu envie de faire durer la chose, son petit gémissement me rendit la tâche impossible. Ses fesses remontèrent, me suppliant presque. Je commençai à me balancer et, quelques secondes plus tard, j'y allai à fond, la pression montant en moi tandis qu'elle se cambrait à chaque coup de reins, chevauchant ma queue comme si elle était faite pour ça. Je passai la main devant elle et passai mon doigt sur son clitoris gonflé. Elle hurla mon nom entre deux gémissements. Je l'entendis à peine lorsque mon propre orgasme me traversa d'une telle puissance que je manquai de m'effondrer.

J'eus besoin de reprendre mon équilibre en m'accrochant au bureau tout en gardant une main sur sa hanche. Sa tête tomba en avant et on respira lourdement, à l'unisson. Quand le brouillard de mon esprit se dissipa, je déposai quelques baisers dans le creux de son dos avant de me redresser et de me retirer à contrecœur. C'était une chose folle, mais peu importe le fait que je venais de me déverser en elle, la seule chose que je voulais était de rester comme ça, au fond d'elle, connectés. Ça transcendait un besoin physique, et je ne voulais pas y réfléchir.

J'attrapai quelques mouchoirs de la boite posée sur le bureau et essuyai ses cuisses. Elle était tellement mouillée que l'intérieur de ses cuisses était humide, nos fluides se mélangeant. Le seul réconfort que cela m'offrait était de savoir que son désir était aussi puissant que le mien. C'était une force palpable qui vivait entre nous. Je m'essuyai et refermai mon pantalon avant d'attraper sa culotte. Elle baissa les yeux avec un regard confus quand je me penchai et touchai sa cheville.

— Je suppose que tu aimerais remettre ta culotte, expliquai-je.

— Bah oui, mais qu'est-ce que tu fais ?

— Je t'aide.

Avec un rire grave, elle leva une cheville puis l'autre. Je fis glisser son string en soie sur ses hanches et remis sa jupe en place. Quand je me redressai et cherchai ses yeux, mon cœur se mit à battre la chamade contre mes côtes.

Chapitre Vingt

DAISY

— Bon sang, Daisy, qu'est-ce qui va pas chez toi? demanda Olivia avec un regard bien trop perspicace posé sur moi.

Nous étions au Desert Isle Coffee en train d'attendre Harper. Il pleuvait à Seattle et un gars auquel je m'étais intéressé quelques mois plus tôt était passé à notre table pour papoter. Apparemment, je n'avais pas été assez amicale.

— Comment ça? contrai-je.

Olivia prit une gorgée de café et écarta une mèche de cheveux de ses yeux. Avec ses boucles noires, sa peau de porcelaine et ses yeux verts, Olivia était ravissante. Elle ressemblait à une documentaliste sexy, et ses lunettes et son attitude sévère ne faisaient qu'ajouter à cela. Elle était assez facile à vivre en réalité, mais prenait son travail si au sérieux qu'il était facile de ne pas s'en rendre compte quand on ne la connaissait pas. Nous avions grandi ensemble dans une petite ville en périphérie de Seattle, donc c'était ma meilleure amie depuis toujours. J'espérais qu'elle ne remarquerait rien, mais c'était impossible, étant donné qu'elle et Harper me connaissaient mieux que n'importe qui.

— Tu trouvais ce gars ultra-canon, il y a quelques mois. Il est tout gentil et il vient t'inviter à diner et tu refuses ? C'est pas ton genre. Et quand j'y pense, tu ne sors avec personne depuis quelques mois. Et ton plan de trouver le gars parfait ?

Je gagnai un peu de temps en ajoutant du lait à mon café. Je réfléchis à ce que Zoe avait dit, sur le fait que cacher ce qu'il se passait avec Tristan ne m'aidait pas. D'habitude, j'étais celle de mes amies qui insistait, je voulais que tout le monde trouve l'amour de sa vie. Je commençais à douter que ce soit possible pour moi, et j'étais frustrée et sur la défensive.

Je regardai enfin Olivia et serrai les dents.

— C'est toi qui me dis depuis toujours que je ne devrais peut-être pas chercher autant, tentai-je.

Je me trouvai immédiatement agacée par moi-même. Je n'étais pas une poule mouillée et je ne voulais pas continuer à mentir. Après une autre gorgée de café, je la regardai à nouveau. Contrairement à moi, Olivia n'était pas du genre à donner son avis trop vite, donc elle attendait patiemment en silence.

— Je, euh...

Qu'est-ce que vous faites, Tristan et toi au juste ? Vous baisez ? Vous sortez ensemble ?

Rah ! Je ne sais pas.

Il fallait que je trouve une façon de lui expliquer.

— Tristan et moi nous voyons, en quelque sorte, lâchai-je.

Olivia écarquilla les yeux avant de les plisser.

— Alors c'est ça que Liam voulait dire.

— De quoi tu parles ?

— Oh, l'autre soir il m'a demandé si j'étais au

courant pour toi et Tristan. Et comme je n'en savais rien...

Elle s'arrêta et me lança un regard accusateur.

— ... je lui ai dit qu'il était bête. Puis il a répondu à un appel, et j'ai oublié de lui demander ce qu'il voulait dire.

— Oh, super. Ça veut dire que Tristan en parle à tout le monde.

L'anxiété monta en moi. Je n'aimais pas ne pas savoir ce qui avait été dit. Je n'avais rien à cacher, donc j'essayai de me convaincre que ce que Tristan avait raconté sur nous n'avait pas d'importance.

— Ça changerait quelque chose ? demanda Olivia.

J'enroulai une mèche de cheveux mouillés sur mon doigt. J'avais oublié mon manteau de pluie aujourd'hui et j'avais terminé trempée en arrivant du bureau.

— Je ne sais pas. Ça parait juste plus simple si on reste discrets. Mais ça rend la chose encore plus bizarre.

— D'accord, dit Olivia doucement. Et si tu m'expliquais ? Vous sortez ensemble pour de vrai ou c'est autre chose ?

— Euh, je crois que c'est autre chose.

Autre chose, c'est une drôle de façon de le dire. Vous vous êtes mis d'accord sur un mois d'orgasmes. Rien de plus.

Olivia resta silencieuse. La clochette au-dessus de la porte retentit et je vis Harper entrer. Elle nous fit un signe de main et se dirigea vers le comptoir.

Après un autre moment de silence, Olivia plissa les yeux.

— C'est bizarre parce que vous ne voulez pas la même chose ?

— Comment ça ? demandai-je, en sachant parfaitement ce qu'elle entendait par là.

— Oh, tu sais. Sans doute le fait que ta grande

mission annoncée soit de trouver l'homme de ta vie alors que Tristan passe la sienne à fuir toute relation sérieuse.

Mon estomac se retourna et j'eus un peu mal au cœur. C'était exactement ce à quoi je ne voulais pas penser, et ce dont je voulais encore moins parler. Ce sentiment d'anxiété monta en moi et je le repoussai. Au diable ces histoires. Je n'allais pas me morfondre. Quoi qu'il se passe au final, cette histoire était une bonne chose. Je n'aurais plus à me demander si j'étais capable de prendre du plaisir avec un homme. Je savais comment trouver quelqu'un. J'allais peut-être devoir prendre des mesures un peu radicales pour m'assurer que mon cœur ne se brise pas une fois que mon arrangement avec Tristan prendrait fin, mais ça en valait la peine.

Je pris une gorgée de café pour me donner du courage et regardai Olivia.

— Peut-être, mais j'ai décidé d'y aller quand même. Je pense que je me suis dit qu'il valait mieux épuiser un peu cette alchimie folle entre nous pour pouvoir continuer en tant qu'amis après.

Harper arriva à la table à la fin de ma phrase, ses yeux bleus curieux passant d'Olivia à moi.

— Alchimie folle ?

Maintenant que j'avais révélé mon secret, j'étais si soulagée que je n'avais plus peur de le dire.

— Pour te faire la version courte : je couche avec Tristan. C'est pas du sérieux. Je sais qu'on ne veut pas les mêmes choses, mais... alchimie folle, lançai-je en haussant les épaules.

Harper s'installa sur une chaise à côté de moi et hocha doucement la tête.

— D'accord. J'ai raté autre chose ?

Olivia me regarda puis regarda Harper.

— Je ne pense pas que ce soit une bonne idée. Je sens le désastre, dit-elle fermement.

— Oh mon Dieu, ne sois pas ridicule, protestai-je.

— Je ne suis pas ridicule. Tu es mon amie, et je ne veux pas que tu souffres. Je trouve Tristan super, et si tu veux mon avis...

Harper secoua la tête vers Olivia et son regard tranchant lui coupa la parole. Harper, avec ses grands yeux bleus, ses cheveux brun brillant et son attitude souvent calme, cachait sa force d'acier. Elle avait traversé sa propre tragédie plus de cinq ans plus tôt quand quelqu'un l'avait violée, mais elle s'en était remise à un tel point que ça paraissait dur à croire. Elle était mariée à Alex Gordon, un autre joueur des Seattle Stars. Il était fou amoureux d'Harper, au point où j'avais toujours l'impression d'interrompre un moment privé quand il était là. Bref, pour en revenir au sujet. Harper était la voix de la raison dans notre groupe. Elle ne tolérait pas les réponses démesurées. D'habitude, ses corrections s'adressaient à moi, donc pour l'instant, j'étais ravie de voir Olivia prendre ma place.

— Daisy peut faire ce qu'elle veut. Et si ça la fait souffrir, c'est pas grave, dit fermement Harper.

— Ouais, mais je veux qu'elle trouve ce qu'elle cherche. Je veux dire, je suis sûre que Tristan est super au lit, si les rumeurs sont exactes, mais allez, Harper. Tu sais que ça va mal finir. Ce ne serait pas grave si on n'était pas tous amis, dit Olivia avec un soupir.

Après une gorgée de café, Harper me regarda.

— Tu penses que ça va se passer comment ?

— Quoi ?

— Le moment on-reste-amis-mais-c'est-gênant, clarifia Harper.

Je haussai les épaules.

— La vérité est que je gère ça depuis un an. Ça a un peu dérapé quand on est allées les voir jouer en déplacement, l'année dernière, dis-je en regardant Olivia. Depuis ça, je l'évitais. J'ai fini par décider que ça n'en valait pas la peine.

Olivia souffla et me lança un regard noir.

— Wouah, tu nous caches ça depuis un an ?

— C'était juste un baiser, OK ? Et ta réponse ne fait que me donner raison sur le fait de ne rien dire. Écoute, peut-être que c'était idiot, mais je préférais essayer de me le sortir de la tête plutôt que de continuer à l'éviter.

— Je pense que Tristan t'aime bien, ajouta Harper.

Cette graine d'espoir idiote dans mon cœur refusait de mourir. Ce genre de commentaires de la part d'Harper ne faisait que l'encourager. Alors que j'essayais de repousser ce sentiment, Olivia m'aida.

— Comment ça ? demanda-t-elle.

— Comme je dis. Je veux dire, dès qu'on est quelque part avec vous deux, il te quitte à peine du regard. Il me fait un peu penser à Alex dans la façon dont il voit les relations, expliqua Harper.

— Comment ça ? demandai-je en répétant les mots d'Olivia.

— Il a cette idée en tête de tout séparer. Je crois que ça ne marche que si tu ne tiens à personne. La façon dont il te regarde, c'est plus que juste du sexe, et ça depuis des années. Je comprends parfaitement pourquoi Olivia s'inquiète, mais je ne serais pas surprise si ça se terminait différemment.

J'avais envie de faire des bonds sur ma chaise et de prendre Harper dans mes bras. Je me retins parce que je n'avais pas envie de me donner en spectacle. Olivia semblait choquée et incapable de parler. Je pris une gorgée de mon café et les regardai toutes les deux.

— Ce serait chouette que vous soyez là pour moi si ça me brise le cœur et qu'en attendant vous me fassiez confiance sur le fait que je sais ce que je fais, dis-je.

Olivia me fit un petit sourire et se pencha vers moi pour me faire un câlin.

— Bien sûr. Tu sais que je suis toujours du genre à m'inquiéter, mais tu es grande et tu sais que tu t'en sortiras dans tous les cas.

La conversation suivit son cours et plus tard ce soir-là, je m'enroulai dans un peignoir épais, prête pour une soirée devant la télé avec un chocolat chaud. Il pleuvait encore dehors. Je passai de la cuisine au salon quand quelqu'un sonna à la porte. Je n'attendais personne, donc j'étais curieuse. Quand j'ouvris la porte, je trouvai Tristan, les cheveux mouillés par la pluie.

Chapitre Vingt-Et-Un

TRISTAN

Je traversai le couloir après avoir terminé une réunion avec le docteur Horton. Alors que j'avais repris l'entrainement et que la saison allait bientôt commencer, mon poste en intérim qui m'avait occupé pendant que je me remettais de ma blessure au genou arrivait à sa fin. Donc il nous restait beaucoup de choses à voir avant d'en avoir réellement terminé. Mon esprit revint à la nuit précédente. Je n'avais pas prévu de voir Daisy. Je lui avais même dit que j'avais trop de travail, ce qui était vrai. Je terminais de nombreuses choses pour pouvoir passer le relai au docteur Horton. Mais comme tous les soirs maintenant, je m'étais trouvé à me diriger vers chez elle une fois que j'en avais terminé pour la journée. Je ne voulais pas rentrer chez moi. L'idée de ne pas être avec elle me donnait un sentiment agité que je n'aimais pas.

Même si mes sentiments pour Daisy me mettaient mal à l'aise, Daisy elle-même était la seule personne qui me soulageait. Au-delà du fait qu'on s'enflammait quand on était ensemble, j'adorais passer du temps avec elle. La nuit dernière, je n'avais pas pu résister à l'envie d'ouvrir son peignoir pour la prendre sur le comptoir de la cuisine. Je n'avais aucun contrôle. Même en la voyant ouvrir la porte en peignoir et chaussons éléphant. Elle avait les cheveux remontés en une queue de cheval de travers. On pouvait dire sans doute qu'elle n'essayait pas d'être sexy. Il avait suffi d'un regard pour que je la veuille si férocement que j'avais à peine réussi à lui dire bonjour.

Après ça, elle s'était endormie à moitié sur mes genoux pendant qu'on regardait une série de science-fiction. Encore une chose qui me rendait à moitié fou. Je n'aurais jamais imaginé qu'elle aimait les mêmes séries que moi. Je ne regardais pas beaucoup la télé. Je n'avais pas vraiment le temps, mais quand je prenais le temps, je voulais une vraie distraction et j'adorais la science-fiction. Comment pouvais-je savoir que Daisy en était fan aussi ? Elle qui était si romantique et toujours joyeuse, j'aurais été prêt à parier qu'elle adorait les histoires d'amour ou les drames. Elle avait grimacé et m'avait fait remarquer que je faisais des généralités. Elle ne cessait de me surprendre sur de petites et de grandes choses.

Je l'avais portée vers son lit après qu'elle s'était endormie. J'étais bien trop à l'aise avec le fait de m'endormir et de me réveiller à côté d'elle. J'étais aussi très conscient du fait que la fin du mois arrivait à grands pas. Je me souvenais lui avoir dit qu'on verrait où on en était. Le simple fait d'y penser me faisait peur.

Je continuai dans le couloir de l'hôpital et levai les yeux pour trouver Jeff Miller qui s'avançait vers moi. Je me sentis immédiatement agacé. Il m'avait énervé, l'autre jour. Si j'avais été capable d'être rationnel à propos de Daisy, j'aurais peut-être pu reconnaitre que ma colère venait d'une jalousie irrationnelle.

Oh, il avait dépassé les bornes avec sa blague sur

Daisy, et c'était un macho sexiste de base. Personne ne ferait jamais ce genre de commentaire à propos d'un homme au même poste. Même si je n'avais pas passé toutes mes nuits peau à peau avec elle, j'aurais trouvé cette remarque irrespectueuse et déplacée. Mais j'avais vu rouge quand j'avais entendu qu'il lui avait fait des avances. Il leva les yeux et croisa mon regard.

— Bonjour Tristan, dit-il simplement en arrivant à mon niveau avant de s'arrêter.

À moins de vouloir être ouvertement malpoli, je ne pouvais pas l'ignorer. Je me forçai à m'arrêter et hochai la tête de façon tendue.

— Un rendez-vous avec le docteur Horton ? demandai-je.

— Tout à fait. Alors, maintenant qu'il est de retour, ça veut dire que votre contrat se termine bientôt, n'est-ce pas ?

J'acquiesçai, heureux de n'avoir jamais été du genre bavard.

Jeff me regarda un instant.

— Au fait, pas de mal à propos de Daisy l'autre jour. Je ne pensais pas que ce serait un problème de l'inviter à diner. Elle est canon. Je veux dire, je suis sûr que toi non plus tu ne dirais pas non à la voir nue, dit-il avec un rire grave.

Bon, j'étais plutôt du genre calme d'habitude. Du moins, je n'avais pas l'habitude de réagir si un gars remarquait une femme avec qui je sortais. J'étais tellement peu possessif dans mes relations aux femmes que la plupart de celles que je voyais avaient d'autres partenaires en même temps. Mes seules limites étaient qu'il ne fallait pas attendre quelque chose de sérieux et qu'il ne fallait pas faire d'annonce publique à propos de notre statut. En tant que joueur de foot professionnel, j'avais toujours un journaliste qui me marchait sur les talons et je détestais ça. Et les femmes qui voulaient juste coucher avec moi pour pouvoir aller raconter ça aux journaux ne m'intéressaient en aucun cas.

En résumé, je n'étais pas du genre jaloux et ça ne me dérangeait pas de rester ami avec les gens avec qui je sortais. Même quand Renée avait été un peu intense vers la fin de notre histoire, je n'avais pas suranalysé, et j'étais passé à autre chose.

Mais Daisy était une autre histoire. Entendre Jeff faire des blagues sur son corps me poussa presque à lui mettre un pain. J'étais tellement en colère que seules mes années d'expérience à rester calme sur le terrain réussirent à me sauver. Une fois que ma furie commença à se dissiper, je jetai un œil dans le couloir en me demandant si je pourrais le tabasser sans me faire attraper.

J'avais réellement perdu la tête. Je me demandais si me battre – me battre, bon sang – pour Daisy en valait la peine.

Je secouai la tête. Je n'étais pas ce genre de gars, impulsif, idiot, à perdre les pédales pour une fille. Mais je ne pouvais pas laisser passer cette remarque.

Même si je n'avais rien dit, le regard de Jeff passa d'un air énervant et idiot à un air de peur. Je le regardai longtemps.

— Je t'ai déjà demandé de t'excuser une fois, dis-je d'une voix grave.

Il me regarda, mal à l'aise.

— Écoute, mec. C'est juste une blague. Elle n'est même pas là pour l'entendre, alors ça ne fait de mal à personne. Elle est canon, et je ne vois pas le problème dans le fait de le dire, dit-il enfin en haussant légèrement les épaules.

Quel connard.

J'étais encore tellement en colère qu'il me fallut

toute ma force pour ne pas le frapper. Je serrai les poings et les plongeai dans mes poches.

— Elle mérite ton respect. Mais clairement, tu ne connais pas ce concept. La docteure Knight est la chercheuse en chef sur plusieurs études que nous organisons ici. Au-delà du fait que toute femme devrait être traitée avec respect et n'a pas à supporter tes remarques dégradantes, elle est dix fois plus intelligente que toi, de ce que je peux voir. Alors, garde tes putains de distances et sache que je vais parler de tout ça à Horton.

Je n'attendis pas qu'il réponde avant de partir, me dirigeant rapidement vers l'ascenseur.

———

Plus tard cet après-midi-là, j'étais adossé au poteau de goal en train de boire une bouteille d'eau. Nous venions de terminer l'entrainement et j'étais au bord de l'épuisement. Je m'étais perdu dans le sport, mourant d'envie d'utiliser cette activité physique pour oublier Daisy et mon malaise quelques minutes. J'étais encore énervé par les commentaires de Jeff, et surtout par la réaction qu'ils m'avaient causée. C'était nul, mais être un homme voulait dire découvrir que beaucoup, beaucoup, beaucoup d'hommes étaient cons et sexistes. C'est pour cela que les remarques de Jeff sur Daisy n'auraient pas dû m'affecter comme ça. Mais si.

Et je savais exactement pourquoi. La réalité était que le fait que Jeff la trouve attirante n'aurait en aucun cas dû me surprendre. Daisy était splendide. Avec ses cheveux couleur miel, ses grands yeux marron, son sourire en coin adorable et ses courbes à n'en plus finir, j'étais certain que de nombreux hommes la remarquaient. Je l'avais remarquée la première fois que je l'avais vue. Plus je passais de temps avec elle, plus cette attention s'était transformée en un désir fou. Je l'avais légèrement étouffé pour notre amitié et parce que je savais qu'elle voulait quelque chose de plus sérieux que moi.

Puis je m'étais laissé aller à l'envie de l'embrasser. Si elle n'avait pas passé l'année suivante à m'éviter, j'étais certain que je me serais retrouvé là où j'en étais maintenant bien plus tôt. Le désir entre nous était si chaud et prenant qu'il constituait une force en soi. Rien ne semblait atténuer le besoin que je ressentais pour elle. Même quand je venais de jouir et que j'étais encore en elle, la seule chose à laquelle j'arrivais à penser était que c'était trop bon. Que c'était juste.

Voilà. À l'instant, j'aurais dû être concentré sur l'équipe. Nous avions eu un entrainement intense et la plupart d'entre nous étaient énervés par Roddy. Je me disais qu'il en était sans doute à sa dernière chance avant que le coach ne dise au bureau qu'il fallait le transférer. Même si j'étais capable de me concentrer pendant qu'on jouait, dès que la partie s'arrêtait, je revenais à Daisy.

Bordel. Je m'écartai du goal et regardai Alex. J'étais passé parler avec lui sur le chemin des vestiaires. Même si Liam était le principal concerné par l'attitude arrogante de Roddy, aujourd'hui le môme avait été assez bête pour donner des conseils défensifs à Alex.

Alex passa sa serviette sur son épaule et marcha à mes côtés.

— Oh, il est assez problématique pour que le coach ait besoin de faire quelque chose, à mon avis. Pour ma part, il peut me parler autant qu'il veut, je vais juste continuer de l'ignorer, dit Alex en haussant les épaules, en réponse à ce que j'avais dû dire une minute plus tôt.

J'étais réellement pathétique. À la seconde où je

commençais à penser à Daisy, je perdais le fil de tout le reste.

Alex me connaissait depuis des années et était très observateur. Il pencha la tête sur le côté.

— Qu'est-ce qui t'arrive, toi ? Je sais que ton genou va mieux parce que ça se voit dans ton jeu. Tu ne compenses plus du tout. Je dirais même que tu es un peu plus rapide qu'avant la blessure.

On commença à marcher doucement vers les vestiaires. Je fis tourner ma bouteille d'eau vide dans mes mains sans répondre à Alex, car je n'avais pas de bonne réponse.

Alex me laissa quelques secondes avant d'insister.

— Alors ?

Je haussai les épaules.

— Rien. L'entrainement était long, Roddy me saoule.

Je jetai un regard en coin à Alex qui haussa un sourcil et une épaule. Il n'allait pas insister, car ce n'était pas son genre. On se dirigea vers les douches. Je laissai l'eau chaude couler sur ma peau plus longtemps que d'habitude alors que je me torturais à propos de Daisy. Encore une fois, nous n'avions rien prévu ce soir. J'avais envie de la voir. J'avais besoin de la voir. Tout en regrettant que mon besoin d'elle soit si puissant. Et qu'essayer de l'écarter ne semblait que l'attiser.

Chapitre Vingt-Deux

DAISY

— Tu viens diner ce soir, non ? demanda Olivia à la seconde où je répondis à son appel.

Je regardai l'horloge au-dessus de la porte de mon bureau puis les documents que je corrigeais. J'étais plongée dans mes données, aujourd'hui. C'était quelque chose que j'adorais. La nature précise de la chose, les réponses que ça m'apportait, et la satisfaction d'une organisation réussie – c'était peut-être fou, mais c'était ce que j'aimais. J'avais su dès le début de mes études de médecine que je voulais faire de la recherche. La recherche médicale nous sauvait de tant de façons. La plupart de gens de nos jours n'ont même pas à penser aux maladies comme la polio ou la variole, qui ont pourtant fait des millions de morts dans des générations précédentes, mais ont maintenant presque été éradiquées. J'étais passionnée par le fait que la recherche médicale ne s'était pas encore perdue dans l'ère du grand capitalisme. La compagnie pour laquelle je travaillais n'était pas immense, mais défendait tout ce qui comptait pour moi. C'était une organisation caritative qui se concentrait sur des médecines préventives.

Je venais de passer une très bonne journée perdue dans mes données et l'idée de diner avec mes amis me faisait plaisir.

— Je ne savais pas qu'il y avait un diner de prévu, mais avec plaisir. Où, quand et qui ? demandai-je en retour.

— Moi et Liam, Harper et Alex, Zoe et Ethan.

Elle se tut et je l'entendis presque se demander si tout cela était une bonne idée.

— Et Tristan. Donc si tu viens, toi en plus, dit-elle rapidement.

C'était donc un diner entre couples, et le premier diner avec tous mes amis proches où le fait que Tristan et moi partagions quelque chose de difficile à expliquer serait connu de tous. Mon cœur se serra un peu. Ce qui faisait mal était de me dire que nous serions là, un peu ensemble, mais pas vraiment. Oh mon Dieu. La fin de ce mois arrivait trop vite et trop lentement à la fois. Tenter de gérer cette fin de façon élégante serait un réel test pour mon cœur.

— Je serai là. Mais tu ne m'as pas dit où et quand, répondis-je rapidement.

J'aurais pu m'attarder sur ce qui inquiétait sans doute Olivia, mais je ne voulais plus me cacher.

— Ah oui. 18 h au Thai Paradise, ajouta-t-elle.

— À tout à l'heure.

Je raccrochai et passai une dernière demi-heure à terminer mon travail pour donner un bon départ à ma semaine prochaine. C'était vendredi, et avant toute cette histoire avec Tristan, j'aurais peut-être passé le weekend à travailler. Mais je n'avais aucune intention de faire ça ce weekend. Il passait toutes ses nuits chez moi ces derniers temps. C'était notre dernier weekend avant de devoir « réévaluer » notre relation comme il disait, à la fin de ce mois ensemble.

Un peu plus tard, je passai la porte du Thai Paradise. Ce restaurant était l'un de nos préférés avec Olivia quand nous étions en école de médecine ensemble. C'était rapide, délicieux et parfait pour une soirée de révisions tardive. Je baissai la capuche de mon manteau de pluie et le retirai avant de le secouer. La pluie légère de ce matin s'était transformée en averse. Je fis le tour de la salle et vis que tout le monde était arrivé et s'était installé à une table ronde dans le coin.

Je me dirigeai vers eux, déçue de voir tout le monde sauf Tristan. Super. Exactement ce que je voulais : un repas de couple où j'étais la seule célibataire. Je me forçai à lancer un grand sourire au groupe.

— Coucou tout le monde, comment ça va ?

Je m'installai sur l'une des chaises libres et posai mon manteau sur le dossier. Même s'il fallut que je me morde la joue pour me retenir, je ne demandai pas où Tristan était. Heureusement, Liam était en pleine conversation avec Alex et Ethan à propos d'un nouveau joueur de leur équipe. Zoe était assise à côté de moi et trouva mon regard.

— Des problèmes dans l'équipe, dit-elle avec un petit sourire. Comment tu vas ?

— Comme d'hab. Je ne t'ai pas vue à la salle de sport depuis l'autre fois.

Elle leva les yeux au ciel.

— Je sais. J'ai un gros dossier de crime financier et ça me prend tout mon temps. Je passe beaucoup trop de temps au bureau.

Ethan se pencha vers nous et l'embrassa sur la joue.

— Oui, c'est vrai.

Il trouva mon regard.

— Dis-lui d'arrêter de travailler autant. Elle refuse de m'écouter, dit-il avec un clin d'œil.

— Bien sûr, je vais la harceler pour toi, lançai-je avec un sourire.

À ce moment-là, je sentis la présence de Tristan. Voilà à quel point mon corps l'écoutait. J'étais dos à la porte, donc je ne le voyais pas s'approcher, mais je sentais sa chaleur et sa force arriver derrière moi. Un frisson remonta le long de mon dos, suivi par une vague de chaleur.

Il s'installa sur la chaise à côté de moi. Il fallut que je me retienne de ne pas le toucher. Nous étions assez à l'aise l'un avec l'autre maintenant que nous passions la majorité de nos soirées ensemble. J'avais l'habitude des caresses simples, mais je n'avais pas l'habitude d'être en public de cette façon, encore moins devant notre groupe d'amis.

Je réussis à lui dire bonjour simplement et j'étais soulagée de voir Tristan plonger rapidement dans la conversation sur le nouveau membre de leur équipe dont Zoe parlait. Notre serveuse arriva pour prendre notre commande et nous servir à boire. La soirée suivit la routine habituelle. J'étais presque assez à l'aise pour imaginer toucher Tristan quand je sentis sa paume se poser sur ma cuisse et la serrer légèrement.

Mon bas-ventre se serra et je mouillai immédiatement. D'accord, je voulais agir normalement devant nos amis, mais je ne voulais pas juter sur ma chaise en salivant devant lui.

La chose la plus agaçante du monde me sauva la vie.

— Oh, salut Tristan, lança une voix de femme d'un ton joyeux derrière nous.

Je regardai par-dessus mon épaule et vis une femme magnifique qui s'approchait de la table, suivie par une autre femme, tout aussi belle. Je ne passai pas beaucoup de temps à penser à leur apparence. C'était une partie de moi où je me sentais confiante. Oh, je n'étais pas arrogante, mais je savais que je n'étais pas laide et je faisais confiance à mon intellect, donc je pouvais écarter mes doutes sur mon apparence. Il y avait une chose qui me déstabilisait un peu de temps en temps, c'était ma taille et mes courbes généreuses. J'étais plutôt petite, et mes courbes paraissaient plus larges, car il n'y avait nulle part où les étirer.

Bref, ces deux femmes étaient grandes et squelettiques, plutôt l'inverse de moi. Celle qui venait de saluer Tristan avait un air sec et possessif. En un regard, je la rangeai dans la catégorie des pouffes superficielles. Je le regardai lever les yeux. Son regard ne disait pas grand-chose, mais je vis une pointe de surprise suivie d'un plissement d'yeux.

— Salut Renée, dit-il de façon perforante.

Génial. C'était Renée. Exactement ce qu'il me fallait. Un rappel du fait que Tristan ne faisait jamais dans le sérieux et coupait les ponts avec n'importe qui qui tentait d'en avoir plus. Renée balança ses longs cheveux blonds sur son épaule et posa une main sur sa hanche. Elle était l'exemple parfait du style avec son corps de mannequin, ses cheveux lisses et ses yeux bleus. Elle portait un pantalon noir en soie avec un chemisier blanc qui marquait sa taille. Oh, que j'aurais aimé ne pas savoir qu'elle était sortie avec Tristan récemment.

À sa réponse plutôt plate, Renée haussa un sourcil. Son amie resta silencieuse, scannant la table des yeux. Quand Tristan laissa durer le silence, Renée leva les yeux au ciel.

— Bon, bah j'imagine que ça ne veut rien dire pour

toi qu'on ait passé presque un an ensemble, dit-elle avec un ton mordant.

Les yeux de Tristan devinrent sombres. Tout le monde à la table s'était tu. S'il y avait une chose que je savais sur Tristan, c'était qu'il n'aimait pas les histoires. Il détestait les ragots et restait incroyablement discret pour une star internationale du foot. L'autre chose que je savais à propos de Tristan était qu'il ne se mettait pas en couple, et que ce genre de scène ne lui plaisait pas. Le fait que Renée l'attaque en public n'allait pas lui plaire. Du tout.

Il les regarda toutes les deux et se leva rapidement. Il bougea simplement et passa sa main sur le coude de Renée pour l'éloigner de notre table. Son amie les suivit de près. Je ne pus m'empêcher de regarder. Tristan s'arrêta près de la porte et recula. Je le voyais parler. Quoi qu'il dise, Renée eut l'air agacée. Quand il revint à la table, elle ne le suivit pas et quitta le restaurant.

Il s'assit et termina sa bière. Quand il leva les yeux, tout le monde le regardait, même s'il essayait de rester léger.

— Quoi ? demanda-t-il.

— Tu n'as jamais d'emmerdes dans ta vie. Je ne peux pas m'empêcher de me demander comment ça se fait, dit Ethan en haussant les épaules avec un sourire.

Tristan étira ses épaules et secoua la tête avec un soupir.

— T'as raison mec. Je m'en passe bien. Alors, faisons comme s'il ne s'était rien passé.

Olivia croisa mon regard, assise à quelques sièges de moi. Je voyais l'inquiétude dans ses yeux. Je savais qu'elle aurait envie de savoir comment j'allais interpréter cet échange. Et pour de bonnes raisons. Tout cela me rappelait pourquoi j'avais passé un an à éviter

Tristan. C'était trop tard pour changer d'avis, en revanche. Je m'étais lancée dans cette histoire et j'avais déjà la tête sous l'eau. J'écartai le train de pensées incertaines que cette grande perche de Renée avait déclenchées. Ça et la façon dont Tristan s'était débarrassé d'elle. Parce que je savais que c'était un homme honnête, et je savais qu'il ne lui avait pas fait de fausses promesses. Il était direct et clair sur le fait qu'il ne voulait pas envisager de relation sérieuse et tout le monde le savait, c'était même la raison pour laquelle j'avais essayé de tuer mon désir en l'évitant. Je ne pouvais pas vraiment réfléchir à ça tout de suite. La dernière chose dont j'avais envie était que nos amis me voient mal à l'aise.

Notre serveuse vint voir si nous avions besoin de quelque chose et je lui demandai un autre verre de vin et une bouteille pour la table. La tension amenée par la visite de Renée se dissipa quand la conversation reprit. Je sentais que Tristan était tendu, mais je l'ignorai. J'étais agacée et sur les nerfs, par lui et par moi-même. Je ne pouvais pas être aussi attachée que ça, mais je l'étais.

Je remplis mon verre de vin encore une fois et pris une gorgée en restant silencieuse, ce qui ne me ressemblait pas. Pas dans un groupe d'amis comme ça. Le vin adoucit légèrement l'agacement que je ressentais et m'aida à écarter le malaise jusqu'à un coin de ma tête. Au milieu d'un débat amusant entre Liam et Ethan, je sentis la main de Tristan sur ma cuisse à nouveau. Je le regardai par réflexe, me heurtant à ses yeux noisette. Doux Jésus. Il avait des yeux splendides, avec des couches de vert, d'or et de muscade, avec des cils épais qui se recourbaient sur ses joues. C'était presque obscène qu'un homme ait des cils pareils, mais Tristan semblait avoir été sculpté par un dieu.

— Ça va ? demanda-t-il d'une voix grave.

Ma gorge se serra. Super, vraiment super. J'étais vulnérable, et c'était une mauvaise chose, vraiment.

— Ouais, ouais, dis-je en hochant rapidement la tête. Ça va.

Il chercha mon regard et j'espérai qu'il ne pouvait pas voir à quel point j'étais à nu. Sa main brûlait ma cuisse. Les papillons se rassemblaient dans mon ventre, et je sentais la chaleur dans mon centre. Quoi qu'il arrive, mon corps me trahissait toujours face à Tristan. Je ne voulais pas avoir envie de lui comme ça, mais je ne pouvais rien faire pour l'arrêter.

Il hocha enfin la tête, à peine.

— D'accord. On y va ?

J'eus du mal à me retenir de faire des bonds de joie. Oui ! Allons-y ! Plus on part tôt, plus vite on peut se mettre nu et le laisser plonger en moi.

Venais-je vraiment de penser ça ?

Oui.

Sa main serra ma cuisse doucement et je le regardai, acquiesçant avant qu'une vraie pensée ne puisse m'en empêcher.

Le désir qui encombrait mes veines m'empêchait de réfléchir. J'aurais dû réfléchir à comment m'éloigner de Tristan, sans perdre ma dignité. Mais c'était de plus en plus clair que j'étais déjà perdue.

Entre le désir qui vibrait en moi et le vin qui ralentissait mes pensées, je ne remarquai même pas que Tristan disait déjà au revoir avant qu'il ne se lève. Mon esprit craqua à ce moment-là et je regardai la table. Personne ne semblait remarquer quelque chose d'étrange. Ethan riait à quelque chose d'autre et Zoe levait les yeux au ciel en le regardant.

Je sentis la main de Tristan sur mon épaule. Par réflexe, je l'attrapai et enroulai mes doigts dans les siens tandis qu'il reculait ma chaise. Je me levai et jetai un œil à la tablée.

Olivia trouva mon regard.

— On se voit au match demain ? demanda-t-elle, en faisant référence à une conversation passée, semblait-il.

— Bien sûr ! dis-je en injectant de l'énergie dans ma réponse.

— Parfait, Harper conduit donc on passera te chercher, dit-elle simplement.

Wouah. Ma soirée de demain était entièrement planifiée et j'avais été tellement occupée par Tristan que je n'avais pas remarqué ce à quoi j'avais dit oui.

— Super. À quelle heure déjà ?

— 17 h. Bonne nuit, ajouta Harper avec un signe de main.

— Je serai prête, dis-je avec un sourire.

Je réussis à dire au revoir aux autres et à sortir, ma main fermement dans celle de Tristan.

J'étais tellement mal en point que même sentir sa main dans la mienne me faisait sourire. Le fait qu'il n'essayait pas de nous cacher faisait danser mon cœur.

Chapitre Vingt-Trois

TRISTAN

Je tins la porte de l'appartement de Daisy pendant qu'elle passait devant moi. Je ne savais pas pourquoi, mais on dormait toujours chez elle. Enfin, peut-être que je savais pourquoi. J'aimais son appartement. Mon appartement était parfaitement adéquat, mais il n'était pas aussi chaleureux que celui de Daisy. Tout ici respirait le Daisy avec ses tapis colorés et ses coussins sur le canapé. L'appartement était confortable et chaleureux... comme elle, d'une façon que j'avais du mal à m'avouer.

Je fermai et verrouillai la porte derrière nous. Je réalisai rapidement que j'étais parti du principe que je dormais là, sans demander. Je retirai mes chaussures et jetai un œil dans la pièce. Elle passait l'arche de la cuisine, ses hanches se balançant à chaque pas. Elle était sans doute venue au restaurant juste après le boulot, car elle portait encore son petit tailleur. Sa jupe noire tombait juste au-dessus de ses genoux et épousait chaque centimètre de ses hanches généreuses. Elle portait un chemisier blanc avec ça, parfaitement professionnel, mis à part le fait que le bouton au niveau de ses seins était tendu. Elle jeta son sac sur la table de la cuisine et se retourna en retirant ses chaussures.

Ma queue était tendue depuis des heures. Le seul répit de ma soirée avait été quand Renée avait débarqué. Un seul regard vers elle et le désir qui brûlait en moi s'était dissipé. Elle m'avait mis en colère, simplement parce que je détestais ce genre de complications. J'avais toujours été honnête avec Renée, tout au long de notre relation sporadique. Et elle avait elle-même mis fin aux choses plusieurs fois, quand elle voyait d'autres gars.

Quand on s'était éloignés de la table ensemble, elle avait changé d'attitude et avait semblé gênée. Aussi gentiment que possible, je lui avais rappelé que tout était terminé entre nous. Toute cette situation me rendait triste, car j'avais clairement raté certains signaux qui disaient qu'elle s'attachait à moi. J'avais des limites très claires face aux attentes dans ce genre de relation, mais je ne me comportais pas comme un connard. Mon but n'était jamais de faire du mal à qui que ce soit. Je ne pensais pas avoir blessé Renée profondément, j'attribuais ça surtout à de l'égo. Elle avait l'habitude qu'on lui court après, et ça lui avait fait du mal que je ne lui fasse pas cette joie.

Au moment où Renée était partie, toute mon attention s'était tournée vers Daisy. Il avait fallu que je supporte d'être assis à côté d'elle, avec une vue parfaite sur la vallée de ses seins, toute la soirée, alors que son odeur poivrée m'arrivait par vagues. Je m'avançai vers elle et trouvai son regard. J'avais l'impression que l'air entre nous vibrait de la force de notre désir. Elle appuya son épaule contre l'arche et passa un doigt sur le V de son chemisier.

Bon sang. Elle allait me tuer. J'avais compris que

Daisy était loin d'être timide en matière de sexe. Une tragédie pour tous les hommes qui n'avaient pas réussi à la satisfaire, ils ne savaient pas ce qu'ils rataient. Je m'arrêtai à un demi-mètre d'elle, ma queue si dure qu'elle me faisait mal. Elle défit un bouton, puis un autre et un autre, et son chemisier s'ouvrit. Derrière son chemisier sobre, elle portait un soutien-gorge en dentelle, transparent. Qui ne cachait absolument rien.

Ses tétons roses traversaient la dentelle pour me provoquer. Je salivai à l'idée de les goûter, mais je me retins et attendis. Les mains de Daisy s'accrochèrent à la taille de sa jupe et la poussèrent vers le bas doucement, alors qu'elle balançait ses hanches en même temps. La jupe tomba à ses pieds. Elle l'écarta du bout du pied. En secouant ses épaules, elle fit glisser son chemisier sur ses bras et le jeta au sol d'un bruit léger.

Elle se tenait maintenant devant moi avec rien d'autre qu'un morceau de dentelle blanche en guise de culotte et ce soutien-gorge absurde. Mon contrôle ne tenait qu'à un fil, et je m'en fichais. En deux pas, j'arrivai à son niveau, la soulevai contre moi et avançai jusqu'à ce qu'on arrive au comptoir de la cuisine. Avec ses jambes enroulées sur moi, je ne voulais pas créer de distance, mais j'avais besoin d'assez d'espace pour sortir mon membre et l'enfoncer en elle.

Je posai ses fesses sur le comptoir et reculai.

— Hey, où tu vas ? demanda-t-elle en se mordant la lèvre et en plissant les yeux.

— Nulle part, réussis-je à dire en attrapant mon t-shirt par le col pour le retirer, le jetant au sol derrière moi.

J'avais besoin de sentir sa peau nue contre moi.

Je regardai Daisy qui avait posé ses pieds sur le bord du comptoir. Bordel. J'étais assez près pour voir la soie mouillée entre ses cuisses. Que ce soit voulu ou non, elle venait d'exposer sa chatte vers moi. Je baissai ma fermeture éclair en m'approchant d'elle, passant mes doigts brutalement sur la soie mouillée. J'écartai le fil de sa culotte avec un grognement et plongeai deux doigts en elle. Elle était trempée, pulsant sur moi immédiatement.

J'étais tellement occupé par cette sensation délicieuse que je ne remarquai pas qu'elle était en train de me retirer mon pantalon et mon caleçon. Ma queue se libéra en un rebond et elle la prit dans sa main.

Je voulais faire durer la chose, pour la rendre aussi folle que moi, mais je ne pouvais pas. Je n'avais pas le contrôle qu'il fallait, et le désir me ravageait de l'intérieur.

— Ooooh, murmura-t-elle en passant son pouce sur la goutte de liquide pré-séminal de mon gland.

Doux Jésus. Elle allait réellement me tuer. Elle me relâcha uniquement pour se sucer le pouce sans me quitter du regard, de ses grands yeux marron qui pouvaient me mettre à genoux.

Elle sortit son pouce de sa bouche avec un son de succion, qui ne fit qu'imiter le moment où le fil de mon contrôle craqua. Je sortis mes doigts d'elle et la tirai vers le bord du comptoir. J'attrapai ma queue et me plaçai devant son entrée. Sa chatte était rose et tellement mouillée qu'elle luisait et coulait sur ses cuisses.

Un petit soupir lui échappa quand je passai mon gland dans ses plis. Après une petite respiration, je plongeai en elle jusqu'à la garde. Je levai les yeux, trouvant son regard. Mon cœur se serra et une vague d'émotions me traversa, se mélangeant au désir brûlant qui ravageait mes veines.

Ses yeux étaient sombres et distants, et ses joues étaient roses. Je restai immobile, mon cœur tambourinant contre mes côtes. Je levai la main et écartai une mèche de cheveux de ses yeux. Après une inspiration, je commençai mes mouvements. Ses jambes s'enroulèrent sur mes hanches et elle se cambrait à chaque coup de reins. Quelques secondes plus tard, je me balançais comme un fou, m'accrochant à elle comme à une bouée de sauvetage tandis que la pression montait en moi. Je sentais qu'elle commençait à pulser sur ma queue et je passai une main entre nous pour caresser son petit bouton chaud.

Elle hurla mon nom d'une voix brisée. Elle se resserra fort sur ma queue, déclenchant mon explosion. J'entendis ma voix au loin, grogner son nom encore et encore. J'étais épuisé par la puissance de mon orgasme et je remerciai le comptoir de me tenir. Je me serais sans doute effondré au sol sans ça. Mon front tomba contre le sien et j'enroulai mes bras autour d'elle.

Sa peau était aussi humide que la mienne, et je réalisai soudainement que je n'avais même pas pris le temps de goûter ses tétons. Je sentais ces deux pointes contre moi à travers la dentelle. Je n'avais pas l'habitude de perdre mon sang-froid autant qu'avec Daisy. Une pointe de gêne me traversa, mais je l'ignorai. C'était trop bon d'être là, plongé en elle avec son corps chaud dans mes bras.

Quelques minutes plus tard, sa peau frissonna contre la mienne et je levai la tête à contrecœur. Je commençai à reculer, mais elle resserra ses jambes sur moi.

— Où est-ce que tu vas ? murmura-t-elle, une pointe de colère dans son ton.

Je la regardai en retenant un sourire. J'abandonnai quand elle pencha la tête et fit la moue.

Bon sang, que j'aimais cette femme.

Wow. Qu'est-ce que je venais de penser ?

J'ouvris presque la bouche de surprise. Je l'aimais ? Alors que mon esprit tentait cette question, la réponse était claire. Oui. Je l'aimais. Je restai immobile un instant en essayant de me reprendre. J'étais encore plongé en Daisy. Ce moment physique m'ancrait. Je m'accrochai à ça et ignorai le reste pour l'instant.

— Tu as froid, répondis-je.

— Je sais, et tu es chaud, contra-t-elle.

Je ne pus m'empêcher de rire. Je revins vers elle et la levai contre moi.

— Dans ce cas, je te porte jusqu'à la douche.

Elle enroula ses jambes autour de ma taille et ses bras sur mes épaules pendant que je la portais dans le couloir vers sa chambre. Une douche chaude me rappela que j'étais l'esclave de Daisy. Ou plutôt que mon corps l'était. J'avais toujours vu la douche comme un moment pratique. Mais avec elle à mes côtés, le savon coulant sur sa peau et chaque centimètre de son corps à ma portée, ce n'était jamais une question pratique. Plus d'une fois, on vida le réservoir d'eau chaude.

Un peu plus tard, je regardais le plafond dans le noir. Comme c'était chez Daisy, et qu'elle était excentrique, elle avait décoré le plafond avec des constellations qui brillent dans le noir. Elles brillaient doucement dans sa chambre. Je m'endormis en me disant que la fin de ce mois arrivait à grands pas et que je ne savais pas quoi faire. Mon seul réconfort était de la tirer contre moi et de savourer sa présence.

Chapitre Vingt-Quatre

DAISY

Je regardai la rangée de Pasta Box devant moi. Je faisais mes courses sur ma pause déjeuner, car ce soir, il y avait un match des Seattle Stars. Je me souvenais parfaitement de la sensation du corps de Tristan contre le mien la nuit dernière, mais je ne me souvenais que vaguement d'avoir dit à Harper et Olivia de venir me chercher pour le match de ce soir. Le nuage sur lequel je vivais ces temps-ci jetait un flou sur ma vie. Je ne me souvenais plus de tâches basiques et j'oubliais tout ce que je prévoyais avec mes amis. Mes placards étaient assez vides pour qu'il soit temps de faire des courses. La présence de Tristan dans ma vie écartait tout le reste, et je ne savais pas trop quoi en penser. En temps normal, j'étais quelqu'un d'assez organisé, mais je n'étais pas allée faire les courses depuis deux semaines, et m'étais rendu compte du problème ce matin, quand j'avais voulu attraper mon yaourt, et qu'il n'y en avait plus. Au même moment, j'avais découvert que je n'avais plus de café, plus d'œufs ou d'autres aliments de base.

Donc je faisais mes courses pendant ma pause

déjeuner, car je n'arrivais pas à imaginer rater le match de ce soir. Déjà, j'aimais bien voir les Stars jouer. J'avais évité leurs matchs pendant trop longtemps dans le but d'éviter Tristan. Maintenant, l'idée de ne pas le voir ce soir me faisait mal au cœur. Oh, bon sang. Je savais que j'étais mordue, mais de temps en temps ça me frappait de plein fouet. Un dernier weekend, et ce serait la fin de notre mois. De temps en temps, je m'autorisais à disséquer ce que Tristan voulait dire par « réévaluer ». Mais la plupart du temps, dès que j'y pensais, l'anxiété montait en moi.

À l'instant par exemple, j'écartai cette pensée et me concentrai sur le fait qu'il y avait trop de choix de pâtes différentes. J'attrapai plusieurs boites et les jetai dans mon caddie avant de continuer. Alors que je roulais vers le bout du rayon, je manquai de rentrer dans quelqu'un et m'arrêtai brusquement.

— Désolée ! m'exclamai-je en levant la tête.

Pour trouver Renée. Renée dont je ne connaissais pas le nom de famille et dont je me fichais complètement. Elle était là, parfaite, bien trop parfaite pour un passage au supermarché. J'étais plutôt élégante dans ma tenue de travail habituelle, avec ma jupe, mon chemisier et mes petits talons. Mes cheveux étaient remontés en chignon et j'avais des boucles d'oreilles argentées qui allaient avec mes bracelets. J'adorais sentir le mouvement de mes boucles d'oreilles quand je tournais la tête. Mais quand même, j'étais occupée et je n'avais pas le temps, et je me sentis immédiatement mal à l'aise.

Renée faisait sans doute presque 1 m 80 et me regardait de haut. Je crus presque la voir grimacer.

Quelle pouffiasse.

Vraiment ? C'est comme ça que tu veux la jouer ? Je savais parfaitement ce qui l'intéressait chez Tristan.

Bon, d'accord. Je n'étais pas obligée d'être aussi dure. Mais quand même, pourquoi fallait-il qu'elle soit toujours aussi parfaite ?

Je soupirai intérieurement et redressai mes épaules, lui lançant un sourire poli. Elle balança ses cheveux par-dessus son épaule et me regarda.

— Alors c'est toi la nouvelle conquête de Tristan ? demanda-t-elle.

Eh bah punaise. J'étais prête à essayer d'être gentille, mais elle avait décidé d'attaquer direct. Toutes griffes dehors. J'étais parfaitement capable d'être désagréable s'il le fallait.

J'arquai un sourcil.

— Pardon ?

Renée leva les yeux au ciel.

— Écoute, je ne suis pas bête. J'ai vu comme il te regardait. Je vais juste te donner un petit conseil. Si jamais tu n'as pas encore compris, il est génial au lit. Mais n'espère pas que ça devienne plus. Il est complètement rigide sur les relations et même quand c'est évident que c'est plus que du sexe, il fait comme si ce n'était rien, dit-elle avec du venin dans la voix.

Je n'allais pas lui montrer qu'elle avait tapé dans le mille de ce qui me torturait de l'intérieur. Le fait qu'elle ait dit ça alors qu'elle ne me connaissait pas m'énervait.

— On dirait que tu es jalouse. Tristan est juste un ami. Peut-être que tu devrais arrêter de te ridiculiser et arrêter de dire des bêtises, dis-je sans me retenir d'être cassante.

Renée écarquilla les yeux puis les plissa avant de lâcher un rire amer.

— Tu n'as pas tort, j'imagine. Eh bah, si vous êtes justes amis, je te conseille d'en rester là.

Sur ces mots, elle partit, ses talons retentissant sur

le carrelage à chaque pas. Je restai là un instant, sortant mon téléphone pour lire ma liste de courses même si je n'en avais pas besoin. J'avais la poitrine serrée et le ventre en vrac. J'avais beau être en colère contre Renée d'avoir osé me dire ça, la précision avec laquelle elle avait touché à mes peurs me donnait le vertige. Cet espoir stupide que je ressentais toujours essayait de me convaincre que Tristan avait des sentiments pour moi aussi. Et peut-être que c'était le cas. Ça ne changeait rien au fait qu'il était qui il était, et qu'il avait toujours été clair sur ses limites.

———

Plus tard ce soir-là, j'étais assise avec Harper et Olivia dans la loge VIP du stade. C'était la mi-temps, et on venait d'aller chercher à boire. Nous étions installées à une petite table dans un coin avec une super vue sur le match, tout en étant assez au calme pour discuter. J'appréciais les avantages apportés par mes amitiés avec les joueurs et leurs femmes qui me permettaient de regarder les matchs d'ici, mais parfois le bazar de la foule me manquait.

Ce soir était un de ces soirs. La cacophonie et la vibration des supporters m'auraient permis de ne pas penser à Tristan. J'avais pensé à annuler, mais j'étais tiraillée. Ce n'était jamais facile d'annuler une activité de groupe, pas avec des amies qui me connaissaient si bien. Pire encore, comme j'étais à côté de mes pompes depuis que j'avais croisé Renée au supermarché, j'étais incapable de m'éloigner de Tristan. J'avais envie de le voir. Désespérément.

Je pris une gorgée de mon vin et regardai le stade. Olivia parlait avec quelqu'un que je ne reconnaissais pas, et Harper écoutait un message sur son téléphone.

Quelques minutes passèrent, et j'étais perdue dans mes pensées jusqu'à ce que quelqu'un me touche l'épaule. Je me tournai vers Olivia qui me souriait.

— À quoi tu penses ? demanda-t-elle.

Je haussai les épaules.

— À rien. J'ai eu une longue journée de boulot.

Olivia hocha doucement la tête, une boucle rebondissant sur sa joue.

— Dites donc, ça a l'air plutôt chaud entre toi et Tristan, dit-elle sans détour.

Mes joues rougirent et je levai les yeux au ciel.

— Chaud ? On était assis à côté au diner, c'est tout.

Harper posa son téléphone et son regard perspicace nous dévisagea tour à tour. Mais elle resta silencieuse et prit une gorgée de sa bière.

Olivia me rendit mon haussement d'épaules.

— Un diner où Tristan t'a à peine quittée des yeux. J'ai cru qu'il allait te balancer sur son épaule et t'emmener comme ça, honnêtement.

Harper se mordit la lèvre pour ne pas rire. Je les regardai et soupirai.

— Ça va être comme ça tout le temps ? Si vous voulez savoir pourquoi je voulais garder ça secret, je pense que c'est l'exemple parfait.

Olivia pencha la tête sur le côté, l'éclat joueur abandonnant ses yeux.

— D'accord, d'accord. Je ne pouvais pas m'en empêcher. Je veux dire, il était tellement pas discret, j'avais du mal à le croire.

— Je maintiens ce que j'ai dit l'autre jour. Tu lui plais. Beaucoup, ajouta Harper.

Oh bon Dieu. Je n'avais pas besoin de ça. Cet espoir idiot encerclait mon cœur. Quelques années plus tôt, quand j'avais décidé qu'il était temps de trouver l'homme de ma vie, j'étais pleine d'espoir et de certitudes. Et comme j'étais qui j'étais, je l'avais dit au monde entier. J'avais été déçue au début parce que tous les hommes que je croisais semblaient figés dans leurs années fac, ils voulaient juste un peu de fun temporaire. J'avais repris espoir quand Olivia avait rencontré Liam. Je m'étais dit que c'était censé se passer comme ça. Puis Harper et Alex se sont croisés, et la magie a recommencé. Même Harper, qui avait pourtant juré de ne plus sortir avec personne après son viol à la fac. Elle ne cherchait pas l'amour, mais l'amour l'avait trouvée.

Et après ça, j'avais essayé de garder espoir, mais j'étais fatiguée et découragée, comme une vieille couverture qui ne tient plus chaud. J'étais tombée des nues quand Ethan avait trouvé Zoe. Bon sang, c'était le plus grand Casanova que j'aie jamais vu, qui ne s'approchait jamais des histoires sérieuses. Tristan ne cherchait rien de sérieux, mais Ethan, c'était un autre niveau. Et maintenant, en le voyant avec Zoe, c'était difficile de l'imaginer autrement que rangé. Il l'adorait et était prêt à tout pour elle.

Donc j'étais là, avec mon espoir, qui était vraiment au bout du rouleau. Je me disais que ça faisait sans doute partie du problème. J'essayais trop de trouver quelqu'un. Puis j'avais embrassé Tristan dans l'escalier de l'hôtel et c'était comme si je n'arrivais pas à passer à autre chose. Et voilà que j'étais tombée amoureuse de lui. Entièrement. J'avais passé la majorité de mon après-midi à essayer de me convaincre que quoi qu'il se passe maintenant, ça valait la peine d'avoir pu passer ce temps avec lui. Nos parties de jambes en l'air avaient été incroyables. Il avait très largement rempli sa promesse de me faire jouir. J'avais eu tant d'orgasmes que je ne les comptais plus. Je ne pensais vraiment pas que qui que ce soit d'autre puisse atteindre le standard qu'il avait posé. Il fallait que je me réveille, le plus tôt possible.

Je regardai Harper en essayant de ne pas trop m'emballer.

Et il fallut qu'Olivia empire les choses.

Elle regarda Harper et hocha la tête.

— Tu as raison, comme toujours.

Olivia me regarda.

— Je n'ai jamais vu Tristan comme ça. Et comme Liam me fait aller à toutes les soirées d'équipe avec lui...

— Oh, comme si tu n'aimais pas ça, dit Harper en donnant un coup de coude à Olivia.

Olivia rougit et haussa les épaules.

— OK, d'accord. Peut-être que j'aime ça. Bref, je suis allée à beaucoup d'évènements avec eux, et j'ai vu Tristan avec d'autres filles avec qui il sortait. Je ne sais même pas si j'appellerais ça comme ça, mais bref. Ce que je veux dire, c'est que je ne l'ai jamais vu regarder quelqu'un comme il te regarde toi. Honnêtement, je ne dirais pas qu'il était malpoli parce qu'il ne l'est jamais. Tristan est toujours gentil, mais avec les femmes, je l'ai toujours trouvé distant. Mais pas avec toi. Ça non.

Elle s'éventa le visage avec un sourire joueur.

À ce stade, l'espoir prenait toute la place dans mon cœur. Je réussis à rire un peu, mais ça ne dura pas. Je le voulais trop. Pire encore, Tristan était l'homme parfait pour moi, il était exactement ce que je recherchais. Commençons par l'évidence : star du foot, un corps de rêve. Le fait qu'il soit beau comme un dieu ne faisait pas de mal, avec ses boucles sombres, ses yeux noisette et ses traits sculptés. Je pensais déjà que sa bouche était sexy avant qu'il ne me fasse jouir avec encore et encore. Donc, en surface, c'était sans doute un 22/20.

Et il était intelligent sans être arrogant. Bon sang,

c'était un docteur, et il avait réussi à terminer ses études en même temps qu'une carrière de foot. Il m'avait dit qu'il pensait devoir repousser son internat jusqu'à ce qu'il se blesse. Sans cette blessure, il n'aurait pas pu tout faire. Mais c'était quelqu'un qui travaillait dur. Il aimait bien parler boulot avec moi, sans avoir l'air de s'ennuyer.

J'étais plus que perdue. Je l'aimais.

Chapitre Vingt-Cinq

TRISTAN

Je passai une serviette sur mon visage et mon torse et sortis des douches pour aller vers mon casier. Nous avions gagné ce soir, mais ça avait été une victoire difficile. Mon genou allait bien, et j'avais marqué l'un de nos deux buts de la soirée. Le vestiaire bourdonnait de discussions entre les coachs et les joueurs. J'ignorai tout le monde et m'habillai rapidement. Je n'avais qu'une idée en tête : Daisy, et la retrouver au plus vite.

Je l'avais vue brièvement juste après le match et elle n'avait pas l'air dans son assiette. Elle s'était comportée normalement, adoptant une attitude joueuse et amicale. Mais je sentais qu'elle était distante. Et je n'aimais pas ça.

Peu de temps après, on sortit du stade. J'étais venu en voiture pour pouvoir ramener Daisy chez elle. Je savais qu'Harper l'avait déposée avec Olivia, et j'avais l'intention de passer la nuit avec elle, donc je m'étais organisé. Comme prévu, j'avais emmené Alex au stade et Harper le ramenait. Olivia avait retrouvé Liam, ce qui me laissait avec Daisy. Exactement ce que je voulais.

Cette soirée de printemps était fraiche et humide. Le ciel s'était dégagé cet après-midi avant notre match, même s'il avait plu ce matin. Tout paraissait propre après la pluie. J'attrapai la main de Daisy, soulagé quand elle glissa ses doigts entre les miens sans résister. Je n'avais aucune idée de ce que je faisais.

J'étais arrivé à la conclusion que j'allais oublier ma limite idiote et que nous allions continuer à nous voir. Mais ça me stressait. Avant de me lancer dans cette histoire, je savais que Daisy en voulait plus. Elle me l'avait dit sans détour : un orgasme et du sérieux.

Depuis que je m'étais rendu compte que je l'aimais, je ne savais pas trop quoi faire. Je ne voulais pas arrêter. Je n'arrivais même pas à imaginer faire ça. Mais j'avais peur, et je n'étais pas prêt à m'engager. Je voulais juste gagner un peu de temps, du temps qui ne comprenait pas une séparation de Daisy.

Quelques minutes plus tard, nous étions chez elle et elle me servait un verre d'eau. J'étais toujours assoiffé après un match. Je m'appuyai dans les coussins de son canapé avec un soupir. Par réflexe, je passai ma main sur mon genou. Pas de gonflement ou de douleur. J'avais eu peur que cette déchirure signe la fin de ma carrière. Mais grâce à une bonne chirurgienne, une rééducation longue et au kiné le plus strict de l'univers, j'étais plus fort que jamais. Ça m'allait.

Daisy revint et me tendit un autre verre d'eau avant de poser une carafe entière sur la table basse.

Je la regardai et souris.

— Je peux remplir mon propre verre, tu sais ?

Elle me lança un sourire.

— Oh, je sais. Mais je me suis dit que tu devais être fatigué. Et comme ça, ni toi ni moi n'avons à nous lever.

Elle cala son pied sous son genou et attrapa la télécommande. Avant qu'elle n'ait le temps d'allumer la télé, ma bouche décida de dire quelque chose qui me trottait en tête depuis des jours.

— Alors, ce mois ?

Je le pensais, mais dans ma tête j'aurais préféré ne pas le dire tout de suite. Oh, eh bah tant pis.

Elle se tourna vers moi, ses yeux marron observant mon visage prudemment.

— Alors quoi ? demanda-t-elle enfin.

Voilà ce que ça m'apportait de parler sans réfléchir. C'était l'effet que Daisy me faisait. J'étais toujours parfaitement réfléchi sur ce que je disais à une femme. Ça n'avait jamais été un problème. C'était pourquoi je préférais garder mes distances avec les relations sérieuses et les bombes émotionnelles qu'elles amenaient. Dans tous les cas, je m'étais jeté là-dedans, et il fallait que je m'en sorte vite.

— Je crois qu'on ne devrait pas s'en inquiéter, dis-je enfin avec un ton détendu.

Elle n'entendait pas le battement fou de mon cœur ni la vague de doute qui me traversait. J'avais vécu beaucoup de choses dans ma vie, mais je doutais rarement. Je ne savais pas trop quoi en faire, donc je l'ignorai.

— Comment ça ? demanda-t-elle.

Bon sang. Elle n'allait pas me laisser m'en tirer si facilement.

J'allais quand même essayer.

— Comme je dis. On s'inquiète pas.

Elle soutint mon regard. Elle était silencieuse, presque trop silencieuse. Après un moment, elle se mordit la lèvre et tapa son pied sur le canapé.

— Je ne pense pas que ce soit une bonne idée, dit-elle enfin.

Mon cœur se mit à battre encore plus fort et mon

ventre se retourna. Je secouai la tête avant de pouvoir réfléchir. Je posai mon verre d'eau et me redressai pour attraper ses mains. Elles étaient froides, je voulais juste la prendre dans mes bras et ne jamais la laisser partir. Mais elle avait ce regard distant dans les yeux, et elle torturait sa lèvre inférieure. D'habitude, j'aurais trouvé ça canon. Tout ce qu'elle faisait était canon. Mais à l'instant, je ne pensais pas à ça.

— Ça veut juste dire qu'on ne change rien. C'est tout. Pourquoi ce serait une mauvaise idée ?

Ses yeux se heurtèrent aux miens. Pendant quelques secondes, j'eus le souffle coupé. Son regard contenait une vulnérabilité telle et une émotion si profonde que ça me prit à la gorge. Elle secoua la tête et un regard prudent le remplaça. Elle arrêta enfin de mordre sa lèvre. Après une profonde inspiration, elle prit la parole.

— Parce que je pense que je veux quelque chose de plus, et je ne veux pas rendre la situation plus difficile qu'elle ne l'est déjà.

Comme un idiot, les mots continuaient de m'échapper.

— Plus difficile ?

Elle commença à se mordre la lèvre encore une fois, lâchant un grand soupir quand elle arrêta.

— Ouais. Écoute, je savais dans quoi je me lançais en commençant, mais je sais qu'on ne veut pas la même chose sur le long terme. Je veux du sérieux. Toi, non. C'est sans doute mieux si on ne va pas plus loin.

À ce stade, j'étais convaincu que mon cœur allait sauter de ma poitrine. Un sentiment de panique monta en moi, un sentiment entièrement nouveau. Je ne trouvais qu'un seul évènement qui me paraissait comparable, et même ce jour-là ça n'avait pas été aussi intense. Le jour où je m'étais blessé au genou, je m'étais senti si faible, comme si je n'avais plus aucun contrôle sur ma vie. La douleur avait été tolérable, je pouvais gérer. Mais ce qui m'avait fait paniquer, c'était l'impression que tout mon avenir m'avait été arraché. Et ce n'était que ma carrière de football.

Ici, maintenant, avec Daisy, j'essayais de comprendre et de contrôler les émotions qui me traversaient. De toutes les possibilités que j'avais imaginées, celle-ci ne m'avait jamais traversé l'esprit. Je m'étais dit que peut-être j'aurais encore envie d'elle, sur un plan purement sexuel. J'avais eu raison là-dessus. Pire, plus je l'avais, plus je la voulais. Le désir entre nous s'alimentait tout seul, brûlant de plus en plus fort chaque nouveau jour. C'était la partie facile. Mais je n'avais jamais imaginé que ce besoin sauvage dépasserait toutes les limites que j'avais placées autour de mon cœur. La vérité était que toutes ces limites n'avaient jamais été difficiles à maintenir. Mais Daisy les avait dépassées sans même que je la voie faire. L'idée qu'elle décide de me quitter me tranchait le cœur et le ventre.

Je la fixai du regard en cherchant quoi dire, alors que je n'étais pas vraiment prêt à lui dire la vérité. Je l'aimais. Mais j'avais besoin d'un peu de temps pour savoir ce que ça signifiait pour nous. Pendant de nombreuses années, j'avais honnêtement cru que je ne me laisserais pas aller à ce genre d'attaches. Je n'étais pas assez bête pour me dire que les choses allaient être simples juste parce que je l'aimais. Daisy était directe, franche, têtue et émotive, tout était compliqué avec elle. Rien de cela ne serait simple.

Je restai silencieux trop longtemps sans doute, car elle retira ses mains des miennes et se leva rapidement. Quelques secondes plus tard, elle faisait les cent pas devant la cheminée, ses bras croisés fermement sur sa poitrine.

— C'est exactement ce que je veux dire. Je dis quelque chose qui fait allusion à ce que nous savons tous les deux, et tu disparais complètement.

Elle arrêta de marcher et se tourna vers moi, ses yeux perçant les miens depuis l'autre côté de la table basse.

— Je ne t'ai jamais menti, et tu as toujours été honnête avec moi. Tu ne m'as pas promis quoi que ce soit à part un mois d'orgasmes.

Ses joues prirent une teinte rose et ses yeux brillèrent.

— Tu as tenu ta promesse. C'est juste que...

Elle se tut et effaça une larme qui coulait sur sa joue.

Je n'avais même pas réalisé que j'avançais vers elle. Au moment où je m'en rendis compte, j'essuyai une autre larme avec mon pouce, murmurant son nom et la tirant dans mes bras. Elle colla sa tête contre mon torse et prit une respiration tremblante.

Je ne savais pas quoi dire. J'étais en terre inconnue. J'avais l'habitude de me tenir à distance de ce genre d'émotions. Après quelques inspirations, Daisy leva la tête et mon cœur se serra. Ses yeux de biche brillaient. J'aurais fait tout ce qu'elle voulait à ce moment-là.

Ses épaules se haussèrent avec son souffle et elle secoua légèrement la tête.

— Bon, je suis peut-être dans tous mes états, mais je n'arrive pas à te dire de partir, dit-elle enfin. Même si je devrais, tu crois pas ?

Le soulagement me frappa si fort que c'était viscéral. Je repris le contrôle de mes pensées et réussis à répondre.

— Sans blague ?

Elle haussa les épaules, ses dents trouvant sa lèvre encore une fois.

— Il y a ce que je devrais faire et ce que j'ai envie de faire. Tu m'as donné un mois. Et je ne veux pas me faire arnaquer, dit-elle avec un petit sourire.

La vulnérabilité oscillait encore dans ses yeux, mais je sentais bien qu'elle s'accrochait à son audace comme à un bouclier. Je savais que ce problème se représenterait encore dans peu de temps, mais pour la première fois de ma vie, j'étais content de repousser au lendemain.

— Je ne te ferais jamais ça, murmurai-je en passant ma main dans son dos et sur ses fesses.

Je savourai le sursaut dans son souffle quand je la tirai contre ma queue, qui durcit en une seconde.

Je n'étais pas encore prêt à perdre la tête face à l'intimité qui vibrait autour de nous, mais je n'avais aucun mal à succomber au désir, un désir unique à Daisy, qui brûlait dans mes veines.

Chapitre Vingt-Six

DAISY

Je fermai la bouche et fixai l'homme qui se tenait devant moi. Objectivement, il était beau, avec ses yeux brun foncé, ses yeux assortis et son corps musclé. J'étais dans l'une des salles de pause de mon bureau. C'était une compagnie de taille moyenne et il y avait assez d'employés pour que je ne connaisse pas tout le monde, et je ne me souvenais pas avoir déjà rencontré ce gars.

Il venait de m'inviter à diner, de façon assez soudaine. Mes pensées se mélangèrent dans mon esprit. La réponse rapide aurait été non. J'avais passé près de trois semaines emmêlée à Tristan toutes les nuits, y compris la nuit dernière. Mais je n'avais rien résolu par ma tentative timide de poser des limites quelques jours plus tôt. Il ne m'avait donné aucune indication qu'il ressentait la même chose que moi. La seule chose que je savais était qu'il ne voulait pas que ça s'arrête. Alors que moi, j'étais amoureuse d'un homme qui fuyait ses sentiments.

Je me forçai à me concentrer sur l'homme devant moi.

— Euh, vous me prenez au dépourvu. On s'est déjà rencontrés ?

Sérieusement, ce gars était plutôt beau, mais il ne s'était même pas présenté.

Il rit doucement.

— Ah, vous avez dû oublier qu'on s'est rencontrés il y a quelques semaines. Je suis Dan Keller. Je gère le projet média.

— Oh, désolée. Oui, je me souviens. Daisy Knight.

Je me tus et ris toute seule.

— Enfin, j'imagine que vous connaissez mon nom. Au cas où je ne l'aurais pas dit, je suis l'une des chercheuses en chef.

Il pencha la tête doucement.

— Je me souviens de votre nom et de ce que vous faites, dit-il avec un petit sourire.

Il se tut, ce qui ne fit que me mettre plus mal à l'aise. J'essayais de trouver une façon simple de gérer cette situation, mais il parla à nouveau.

— Je ne voulais pas vous prendre au dépourvu. J'essaie d'être direct d'habitude, c'est tout. J'adorerais vous inviter à diner un de ces quatre. Vous pouvez me répondre plus tard, si vous voulez un peu de temps pour réfléchir ?

J'acquiesçai avant de m'en rendre compte. Il me fit un clin d'œil et disparut. Je le regardai s'éloigner en réfléchissant. Je terminai de me servir mon café en me disant que la meilleure chose pour moi serait peut-être d'essayer de sortir avec quelqu'un d'autre. Ce serait une coupure nette d'avec Tristan.

Je retournai à mon bureau pour essayer de me plonger la tête dans les données, mais mon cerveau refusait. Depuis ma pauvre tentative de mettre des limites avec Tristan, mon esprit tournait en boucle. Je ne voulais pas arrêter de le voir. Ni maintenant, ni jamais. Le simple fait d'y penser me donnait l'impression de me faire trancher le cœur. Et c'était ça, le problème. Peut-être qu'il ressentait quelque chose pour moi. Et peut-être pas. Mais il n'avait pas l'air de changer quoi que ce soit dans ce que nous faisions. Et qu'on soit clair, coucher avec Tristan n'était pas une chose à laquelle je voulais mettre fin. Mais plus nous passions du temps ensemble physiquement, plus mes émotions s'y mêlaient. Je l'aimais, et il fallait que je fasse quelque chose pour protéger mon cœur.

Mon esprit revenait sans cesse à ma courte rencontre avec Renée. Elle avait été tellement juste dans son jugement que ça me faisait mal d'y penser. J'étais une femme intelligente, et il fallait que j'agisse en tant que telle. Si je n'avais voulu que du sexe, ça aurait été une décision simple. Aussi phénoménales que soient ces parties de jambes en l'air, je voulais plus. Bien plus.

C'était mercredi. Et comme j'avais du mal à oublier Tristan, je comptais les jours jusqu'à la fin de notre accord idiot. Un dernier jour. Pourquoi est-ce que me faisais ça ?

Il fallait que j'arrête de laisser mon cœur se faire malmener par mon traitre de corps. Je pouvais trouver quelqu'un comme Tristan, mais je n'avais pas une seule chance de m'en sortir si je laissais cette histoire continuer plus longtemps. Soudainement, j'attrapai mon téléphone sur mon bureau.

Il faut une fin nette. Techniquement, il nous reste un jour, mais je préfère arrêter maintenant. Je ne vais pas t'éviter, mais à partir de maintenant, on redevient amis. Sans bénéfices. Si ça parait un peu soudain, c'est parce que c'est la seule façon dont je suis capable de gérer cette situation. Je suis allée trop loin, et je veux bien plus de choses que toi. Tu m'as donné plus que ce que j'aurais pu imaginer. Ne viens pas me voir ce soir, s'il te plait. J'ai besoin de temps seule.

Il y avait tant d'autres choses que j'avais envie de lui dire. Je dus me forcer à poser mon téléphone pour ne pas lui dire que je l'aimais. Je ris, un petit rire triste, car c'était ridicule d'imaginer dire à un homme qu'on était tombée amoureuse de lui par SMS. D'une certaine manière, ça reflétait la grande différence entre ce que lui voulait et ce que je voulais. Tristan voulait des arrangements simples et sans complications. Je voulais de l'amour, des disputes, du sexe passionné, un câlin après une longue journée, quelqu'un qui m'encouragerait quand la vie dérape, et des bébés. Oh mon Dieu, je voulais des bébés. Je voulais du pour toujours.

Ma gorge se serra, je n'avais pas réalisé que je pleurais jusqu'à ce que je sente les larmes sur mes joues. J'attrapai un mouchoir. Je pris plusieurs grandes inspirations. J'étais désespérée, mais ça ne faisait que me convaincre qu'il fallait que je passe à autre chose.

Je ne savais pas si Dan était l'homme qui changerait ma vie, mais la technique de l'autruche était extrêmement efficace pour moi. Ça ne servait à rien de me morfondre sur le fait que Tristan me manquait.

Si ça ne prouvait pas à quel point j'étais ridicule... Je venais juste d'envoyer un SMS pour mettre fin à notre aventure. Et la possibilité de le voir ce soir alors que nous n'avions rien prévu de particulier me manquait déjà. Cette relation avait été tellement floue. Nous avions passé trois semaines à nous voir tous les soirs, en ne prévoyant presque jamais rien à l'avance.

Je me forçai à penser à autre chose, faisant pivoter ma chaise pour ouvrir ma boite mail sur mon ordinateur portable. Je cherchai l'adresse mail de Dan dans la liste des employés et lui envoyai un message, suggérant qu'on aille boire quelques verres après le boulot ce vendredi. J'hésitai presque à l'inviter ce soir, mais ça me paraissait trop rapide pour ma santé mentale.

Ce n'était pas grand-chose, mais j'avais besoin de me prouver que je n'étais pas condamnée à aimer Tristan toute ma vie. Je trouverais quelqu'un d'autre, même s'il me fallait un moment.

Chapitre Vingt-Sept

TRISTAN

— Bordel !

Je jetai mon téléphone sur le banc des vestiaires et passai rapidement mon t-shirt propre par-dessus ma tête. Je venais de terminer de me doucher après notre entrainement. Et comme j'étais obsédé par Daisy, j'avais attrapé mon téléphone par réflexe pour lui écrire que je débarquais avec le diner.

Mon cœur s'écrasait contre mes côtes et j'avais envie de vomir. J'étais en colère et terrifié à la fois. J'aurais dû savoir que Daisy continuerait de ressasser. Je voulais qu'elle arrête d'analyser tout ce qu'il se passait entre nous et qu'elle nous laisse vivre.

Non, mec. Tu ne veux pas en parler, et tu veux qu'elle fasse pareil. Elle veut du sérieux, et elle n'acceptera pas autre chose.

C'était un désastre, mais pas le désastre dont j'avais eu peur. Il fallait que j'arrange les choses tout de suite. Je jetai ma serviette dans le panier au bout des casiers. En me retournant, je levai les yeux et vis Ethan marcher vers moi. Il s'installa sur le banc en face de mon casier et me sourit. Une fois qu'il vit mon visage, son sourire s'effaça.

— Hé, qu'est-ce qui t'arrive ? T'as l'air vraiment pas bien, dit-il.

Je passai une main dans mes cheveux mouillés et haussai les épaules.

— Rien.

Je ne voulais pas m'attarder là-dessus. Il fallait que j'aille chez Daisy le plus vite possible.

Ethan, étant l'ami qu'il était, n'allait pas me laisser l'ignorer.

— Hé, qu'est-ce qui te prend ? T'as oublié tes manières ? demanda-t-il en se levant pour me rattraper alors que je sortais des vestiaires et traversais le couloir du stade.

— Laisse-moi tranquille. Il faut que j'aille voir Daisy, marmonnai-je.

Ethan attrapa mon bras quand j'arrivai au niveau de la porte.

— Pas dans cet état-là, non, dit-il fermement. Je ne sais pas ce qu'il se passe, mais ça ne va pas. C'est pas toi qui me dis toujours de me calmer avant de faire une connerie ?

Je trouvai son regard en sachant que j'avais sans doute l'air à côté de la plaque. J'étais dans tous mes états. Depuis tout ce temps, je me disais que je préférais éviter les relations, car je ne voulais pas des histoires compliquées et des émotions des autres. J'étais choqué de voir que je pouvais être dans un état comme celui-ci. Mon cerveau faisait un bruit sourd et je n'arrivais pas à penser à quoi que ce soit d'autre que de trouver Daisy pour lui dire qu'elle ne pouvait pas faire ça.

Ethan ne lâcha pas mon bras et je pris enfin une inspiration, lâchant un long soupir.

— D'accord. J'attends, dis-je en levant les yeux au

ciel. Je compte jusqu'à dix ? Ça te prouverait que j'ai pris le temps de me calmer ?

— Peut-être que tu devrais me dire ce qu'il t'arrive, contra-t-il.

Je cherchai mon téléphone dans ma poche et lui tendis en ouvrant le dernier message de Daisy.

Il lâcha mon bras et lut le message. Puis il leva les yeux vers moi et j'eus envie de hurler en voyant son visage. Je voyais bien qu'il était triste pour moi. Voilà où j'en étais rendu. Mon meilleur ami, un vrai Casanova, me regardait comme si j'étais au fond du trou. Et je l'étais en quelque sorte, mais j'avais toujours été très attaché à ma capacité d'éviter ce genre de bêtises et de rester droit dans mes bottes.

Quand il ne parla pas, je perdis patience.

— Alors ?

Il me rendit mon téléphone et pencha la tête.

— Bah, à moins que tu veuilles officialiser cette relation, tu ferais mieux de respecter son souhait, dit-il doucement.

— Qu'est-ce que tu veux dire, officialiser ? C'est officiel, dis-je.

On passa la porte du stade vers l'air frais de dehors. Debout sous un paravent devant l'entrée du stade, je regardai Ethan. Il trouva mon regard et haussa un sourcil.

— Tu sais ce que je veux dire, dit-il.

Le son sourd de mon esprit reprit le dessus, m'empêchant de réfléchir. Je le regardai et passai une main dans mes cheveux.

— Pourquoi est-ce que c'est pas officiel, là ? On s'est montrés devant tout le monde et tout, marmonnai-je.

Ethan souffla et secoua la tête doucement.

— Mec, son texto dit tout ce qu'il faut savoir. Oui,

clairement tout le monde sait que vous couchez ensemble, mais Daisy ne t'a jamais caché ce qu'elle voulait. Elle veut une vraie relation sérieuse. Officialiser, ça veut dire accepter ça.

Je détournai le regard, énervé d'avoir l'impression de perdre le contrôle. Je n'avais déjà plus les cartes en main. J'avais perdu l'équilibre et je faisais de mon mieux pour me rattraper. Je détestais ça. Ce n'était pas comme ça que j'avais l'habitude de gérer ma vie, encore moins mes relations avec les femmes.

Je passai la main dans mes cheveux encore une fois et regardai Ethan.

— Je ne l'ai pas quittée, dis-je, ce qui ne faisait pas grand sens à ce moment-là, mais c'est ce qui sortit.

Ethan me regarda un long moment. Sous ses airs de joueur et de boute-en-train, c'était un gars doux. Depuis qu'il s'était posé avec Zoe, il était plus calme. Je me sentais un peu bête d'en être arrivé à un stade où j'avais besoin de ses conseils en matière de femmes.

— Ce n'est pas le problème de l'avoir quittée ou non. Sans même savoir de quoi vous avez parlé, je te connais. Ça fait des années que tu dis que tu ne veux rien de sérieux. Et je ne t'en veux pas du tout. La seule différence entre toi et moi avant que je rencontre Zoe, c'est que je n'étais pas aussi à cheval sur le sujet. Et je m'amusais sans doute plus, dit-il avec un sourire malin.

J'étais trop frustré pour rire, mais je levai les yeux au ciel.

— Où tu veux en venir ?

Ethan leva les yeux au ciel à son tour et s'appuya au bâtiment alors que la pluie tombait juste au bord du paravent.

— Ce que je veux dire, c'est qu'elle veut plus qu'un truc improvisé et instable. Elle le dit dans son message.

Je le fixai du regard en me forçant à respirer. Je n'arrivais pas à croire ce que j'étais sur le point de lui demander, mais il fallait que je sache.

— Comment t'as su ?

— Su quoi ?

— Que Zoe était la femme de ta vie.

Ethan me regarda un moment, son regard perspicace perçant ma peau.

— Mec, c'est toi qui m'as remis les idées en place.

Quand je ne répondis pas, il soupira.

— C'est arrivé sans que je m'en rende compte. T'as été obligé de me mettre face à l'évidence qu'elle comptait plus pour moi que n'importe quelle autre femme dans ma vie. Et je crois que ça m'a surtout frappé quand j'ai essayé d'imaginer ma vie sans elle. Je ne voulais pas de ça. Du tout. Ça me rendait fou rien que d'y penser. Je ne sais pas si c'est aussi simple que ça pour tout le monde, mais pour moi, c'est là que j'ai compris.

Mon cœur allait exploser dans ma poitrine. Le fait que Daisy me dise que c'était terminé me rendait fou. J'avais besoin de temps. De temps pour me préparer psychologiquement, pour... Merde. Je ne savais pas pourquoi j'avais besoin de temps, mais je détestais ne pas être en mesure de contrôler la situation. Daisy m'avait enlevé tout contrôle avec son message.

— Si tu ne sais pas ce que tu veux, soit tu prends tes responsabilités, soit tu la laisses partir. Mais tu ne peux pas tout avoir. Ce n'est pas juste pour elle. Si tu espérais pouvoir faire d'elle l'un de tes petits arrangements pratiques, tu aurais dû te douter que ça ne marcherait pas. Pas avec Daisy. Donc comme je te l'ai dit, soit tu prends tes responsabilités, soit tu la laisses partir, dit Ethan, ses yeux verts soutenant les miens.

Ethan était si souvent joueur que quand il était

sérieux, c'était impossible à ignorer. Je le regardai un instant puis hochai la tête.

— D'accord, mec.

Je regardai le ciel gris, mon esprit tournant en boucle sur Daisy.

Ethan se décolla du mur et vint se tenir à côté de moi.

— T'as besoin que je te dépose ? demanda-t-il.

Il me connaissait assez bien pour savoir quand cette conversation était terminée. Je n'avais rien résolu, mais il n'y avait pas grand-chose d'autre à dire à moins que je le dise à Daisy. Je lui jetai un regard de côté.

— Nan. Je vais marcher.

Ethan haussa un sourcil.

— Tu vas être trempé en quelques minutes, là.

Quand Ethan était mon colocataire, ça nous arrivait souvent de marcher du stade à l'appartement. Je vivais toujours à un quart d'heure du stade, mais Ethan et Zoe venaient d'acheter une maison en dehors du centre-ville de Seattle. Donc Ethan prenait sa voiture pour venir ici tous les jours, alors que ça ne m'arrivait que de temps en temps.

Je regardai la petite pluie, qui allait à merveille avec mon humeur. Je regardai Ethan et secouai la tête.

Il haussa les épaules.

— Comme tu veux. Appelle-moi si tu as besoin.

Sur ces mots, il courut vers sa voiture. Je me mis à marcher. Même si ça ne me dérangeait pas d'être mouillé, je n'avais pas prévu d'avoir aussi froid, et je n'avais même pas pris de manteau de pluie. À mi-chemin vers mon appartement, je pris refuge dans un bar que je fréquentais avec des amis de temps en temps. Mouillé et frissonnant, je m'installai sur un tabouret au bar. En peu de temps, j'avais une bière à la main. Le barman me lança un torchon propre en même temps. Je m'essuyai le visage et les cheveux et savourai ma bière.

En observant la salle, je finis par voir une femme avec qui j'étais sorti pendant un temps l'année dernière. Valerie avait toujours été aussi froide et simple que moi à propos de sa vie sexuelle. J'essayais de me souvenir pourquoi nous avions mis fin à notre arrangement pourtant si simple, mais je n'arrivais pas à trouver la raison. Je me dis qu'il n'y avait pas un seul détail de mon histoire avec Daisy que je pouvais imaginer oublier un jour. Je secouai la tête et pris une longue gorgée de ma bière. Quand je levai les yeux, Valerie slalomait entre les tables du bar pour venir vers moi. Je me laissai la regarder. Elle était grande et plutôt belle avec de longs cheveux noirs et des yeux sombres. Elle aimait les couleurs éclatantes, et portait une jupe rouge qui se balançait à chaque pas, un t-shirt noir cintré et une écharpe rouge autour du cou.

Rationnellement, je savais qu'on avait passé de super moments au lit, et rien d'autre. Maintenant, je la regardais et ne ressentais rien, pas même une pointe d'intérêt. Elle arriva à mon niveau et m'embrassa sur la joue.

— Tristan, ça fait bien longtemps que je ne t'ai pas vu. Comment ça va ? demanda-t-elle en reculant d'un pas.

Si j'avais voulu être honnête, je lui aurais dit que ça n'allait pas du tout. Mais ce n'était pas le style de notre relation. Je la connaissais de façon intime, mais seulement sur le plan physique. Le fait de maintenir une relation purement superficielle venait autant d'elle que de moi. Je détestais ça, maintenant.

— À part la pluie, aussi bien que faire se peut. Et toi ?

Elle sourit, son regard chaleureux était teinté de flirt.

— Aussi bien que faire se peut. Tu es seul ce soir ?

Cette question sous-entendait plein de choses. C'était ce qu'on se demandait par message quand l'un de nous voulait tirer un coup. J'essayai, vraiment, de vouloir Valerie. Si je pouvais avoir envie d'elle, peut-être que j'arriverais à me convaincre que je pouvais me passer de Daisy. Mais il n'y avait rien. Pas même une étincelle. Et même le fait d'essayer d'en trouver une me donnait l'impression de tout trahir. Je secouai la tête silencieusement. Daisy venait de me larguer par texto, et j'avais peur de la trahir.

Tu n'es pas juste, mec. Elle ne peut pas te larguer alors que tu n'as jamais avoué à voix haute que c'était plus que du sexe entre vous, et que tu ne cherchais pas juste à continuer à la sauter jusqu'à ce qu'elle oublie le reste.

C'était mon côté rationnel, le côté qui me retenait de tomber dans l'horreur émotionnelle que je vivais actuellement. Ce côté de moi savait très bien ce à quoi je faisais face.

J'oubliai sans doute de répondre trop longtemps, car Valerie plaça une main sur mon épaule et me caressa le bras. C'était un toucher joueur et pour tâter le terrain. Je ne ressentis rien. Je la regardai.

— Je suis seul ce soir, mais c'est un choix, dis-je enfin.

Je fis tourner ma bouteille de bière presque vide sur la table, en réfléchissant à quoi dire d'autre. Et merde. J'étais curieux d'une chose.

— Tu veux bien que je te pose une question ?

Valerie sourit et écarta ses cheveux de son épaule d'un geste élégant.

— Bien sûr. Quoi donc ?

Je m'appuyai sur mon coude.

— Je ne veux pas te vexer, mais est-ce que tu te souviens pourquoi on a arrêté de se voir ?

Valerie jeta sa tête en arrière et se mit à rire. J'admirai son cou gracieux, de manière objective. Mais je ne ressentais toujours rien, pas une pointe de désir. Ma queue, qui semblait appartenir à Daisy maintenant, resta plate dans mon pantalon.

Le rire de Valerie s'éteignit, et elle me regarda droit dans les yeux avec un sourire amusé.

— Ça ne me vexe pas. Ça devrait peut-être, mais c'était pas sérieux entre nous et ça m'allait bien.

Elle se tut, prenant un regard pensif.

— Je ne sais pas si on en avait parlé. Tu m'avais écrit quelques fois, et je t'avais dit que j'étais occupée. Puis tu as arrêté de m'écrire. Parce que j'étais occupée. Je pensais que j'étais amoureuse. Depuis, j'ai découvert que notre relation à toi et moi était parfaite, parce que ce n'était vraiment pas compliqué. Ça ne me dérangerait pas de reprendre.

Ah, donc je n'avais jamais eu de raison spécifique. Je n'étais pas con au point d'avoir oublié un détail important. Je ris doucement et hochai la tête.

— C'était vraiment pas compliqué, ça c'est sûr.

Valerie me lança un sourire.

— Ça, non.

Elle se tut et pencha la tête sur le côté, en me regardant pensivement.

— Tu veux bien que je te pose une question ? demanda-t-elle, imitant ma demande.

— Ce n'est que justice, répondis-je.

— Tu vois quelqu'un ? Une relation sérieuse, j'entends.

Bon sang. Était-ce évident à ce point ?

Tant pis. Je n'avais rien à cacher. Elle savait que quelque chose ne tournait pas rond simplement parce que je n'étais pas intéressé par l'idée de reprendre notre arrangement « pas compliqué ».

— J'essaie de trouver la réponse à cette question, en ce moment, dis-je enfin.

Valérie écarquilla les yeux puis hocha doucement la tête.

— Eh bah, je dois admettre que je ne pensais pas que Tristan Wells tomberait amoureux un jour.

Elle se tut et observa mon visage.

— Tu es amoureux d'elle, dit-elle, émerveillée. Wouah.

Oh merde. Vraiment ? Comment pouvait-elle savoir que j'étais amoureux rien qu'en me regardant ?

— Je crois que tu vas un peu loin, contrai-je.

J'avais besoin de reprendre un peu le contrôle de ma tête, donc je m'accrochai au déni. Ce n'était sans doute pas le choix le plus sage, mais c'était assez efficace parfois. Si j'arrivais à convaincre quelqu'un, peut-être que j'arriverais à me convaincre moi-même que je n'étais pas perdu.

Valerie sourit simplement.

— Oh, Tristan. Tu sais, c'est une bonne chose. Si tu te poses la question, c'est que tu l'aimes. Ce n'était pas ce qu'il se passait entre nous, mais tu es un gars bien. Et je me suis toujours dit que tu ferais un super mari.

Son commentaire me choqua tant que j'ouvris la bouche.

— Tu me dis que...

Elle rit et secoua rapidement la tête.

— Je ne suis pas en train de te dire que j'espérais secrètement que tu tombes amoureux de moi. On était sur la même longueur d'onde émotionnelle à ce moment-là. Je ne voulais pas d'attaches et toi non plus. C'était simple et sans complications. Je pouvais apprécier ce que tu avais à offrir sans en vouloir plus. Mais je savais aussi que tu étais plus que ça. Crois-moi, en tant que femme qui ne cherchait pas plus, j'ai rencontré un bon nombre de connards. Je me rappelle m'être dit que si tu tombais amoureux un jour, cette femme aurait beaucoup de chance. Mais je n'ai jamais espéré que ce serait moi. On n'a jamais eu ce genre de connexion. Quand même...

Elle haussa les épaules avec un sourire joueur.

— ... J'ai peut-être imaginé ce que j'en aurais tiré, mais je ne suis pas bête. Il n'y a plus rien entre nous, maintenant. C'est comme si j'étais ta sœur. Bref, ce que je veux dire, c'est : profite. Ça doit être une femme exceptionnelle pour t'avoir fait t'arrêter, dit-elle avec un sourire malin.

Je la fixai du regard, en essayant de digérer tout ce qu'elle venait de dire. J'ouvris la bouche pour répondre, mais je n'avais rien à dire, donc je terminai simplement ma bière. Après un instant, je regardai à nouveau Valerie.

— Eh bah. Je ne savais pas que j'étais un livre ouvert à ce point.

Elle sourit doucement et posa une main sur mon bras, délicatement.

— Je suis sûre que ça te rend fou. Tu aimes bien pouvoir prendre toutes les décisions. Mais l'amour ne permet pas toujours de le faire. Traite-la bien, d'accord ?

À ces mots, Valerie m'embrassa à nouveau sur la joue et fit demi-tour, avec un petit signe de main en s'éloignant. Je la regardai traverser la pièce en essayant encore une fois de réveiller mon attirance pour elle. Rien. Et essayer de penser à du désir me fit juste penser à Daisy.

J'étais tellement foutu.

———

Peu de temps après, j'entrai dans mon appartement et fermai la porte derrière moi. La pluie s'était intensifiée pendant les quelques minutes qu'il me fallait pour revenir du bar. Le bruit de l'eau rebondissant sur le carrelage de l'entrée résonnait fort dans cet appartement vide. J'allumai la lumière et retirai mes chaussures. Je retirai mon t-shirt mouillé et mon jean, jetant le tout dans le panier de la salle de bain. Je pris une douche chaude rapidement pour me réchauffer et enfilai des vêtements secs. En temps normal, j'adorais le silence. Mais à l'instant, mon appartement me paraissait sinistre. Je n'avais pas passé la nuit ici depuis des semaines.

J'ouvris le frigo et ne trouvai rien. Je refermai la porte et pris mon téléphone sur le comptoir pour commander une pizza rapidement. Je me tenais au centre de mon salon. Dans l'état actuel des choses, mon appartement paraissait inhabité. Il y avait un grand salon et une cuisine avec des fenêtres hautes qui donnaient sur la rue. Un parquet en beau bois. Les meubles étaient simples : un canapé d'angle, une table basse et un écran plat monté au mur. La cuisine était sur le côté avec un comptoir haut où s'asseoir. Il y avait deux chambres, dont je n'avais pas besoin. Je n'avais pas pris la peine de déménager après qu'Ethan avait emménagé avec Zoe.

Mais maintenant, cet espace me paraissait vide, et solitaire. Daisy me manquait terriblement. Avant, j'aurais dit que je détestais le désordre. Mon appartement était toujours rangé. Ce n'était pas très dur à faire étant donné que je vivais seul. Soit je révisais, soit je m'entrainais, ou alors je travaillais à l'hôpital après ma blessure au genou. Mon esprit se tourna vers ce que ça faisait d'être avec Daisy. Elle n'était pas particulièrement maniaque. Elle n'était pas bordélique du tout, mais son appartement était chaleureux, invitant, vivant. Elle laissait des choses par-ci par-là. Des éclats de couleur qui illuminaient l'espace.

Le simple fait d'y penser me donnait l'impression de vivre dans un film noir. À moitié vide, sans couleurs, sans la touche excentrique de Daisy partout. Entre les paroles franches d'Ethan et Valerie qui me disait que j'étais amoureux, j'étais à bout. Dès que j'essayais de penser à ma vie sans Daisy, je me sentais seul, gris et sans couleurs. Ça me faisait mal. J'attrapai mon téléphone.

Chapitre Vingt-Huit

DAISY

J'attrapai mon téléphone et cliquai sur l'écran, lisant le message de Tristan pour la millième fois depuis qu'il l'avait envoyé l'autre soir, tard.

J'ai besoin de te voir. S'il te plait.

C'était tout. Il n'avait rien dit d'autre. J'avais lu son message vers 2 h du matin la première fois. Je m'étais rendormie dans tous mes états. Je m'étais réveillée en plein rêve érotique, un super rêve de sexe avec Tristan, bien sûr. J'étais si proche de l'orgasme que j'avais failli lui dire de venir chez moi tout de suite. Puis j'avais relu son message. Encore et encore. C'était la définition même du vague. La seule chose que je savais était qu'il voulait parler. Mon cœur était affamé et mon espoir était avide, donc je m'imaginais toutes sortes de choses.

Je jetai mon téléphone sur mon bureau et plongeai mon visage dans mes mains. Des larmes chaudes montèrent dans mes yeux. J'avais passé une soirée horrible. Il me manquait tellement. La force que j'avais rassemblée pour lui envoyer ce message avait disparu quand j'étais arrivée chez moi. Manger seule et ma tentative ratée d'éteindre mon cerveau en regardant un film de science-fiction n'avait fait que me faire penser à lui. Toutes les choses que j'aimais d'habitude me paraissaient plates et inutiles. Il m'avait fallu énormément de volonté pour ne pas l'appeler et lui dire que j'avais changé d'avis. La seule chose qui m'avait arrêtée était le fait que j'étais dans tous mes états, et qu'il fallait que je m'en remette. Je ne faisais que repousser la douleur si je revenais en arrière.

Si j'abandonnais pour aller lui parler, je pouvais imaginer où ça irait. Le simple fait d'être devant lui me rendrait faible, et je ne serais pas capable de maintenir ma limite. À moins qu'il décide de se lancer dans une vraie relation, il fallait que je mette un peu de distance pour survivre à la partie difficile. La partie où j'avais mal partout en pensant à lui, la partie où mon cœur était brisé en deux, la partie où le désir que j'avais apprivoisé pour lui était encore une drogue qui dirigeait ma vie. Je n'avais jamais eu d'expérience avec une addiction, mais j'en avais vu, et je savais à quoi ressemblaient les symptômes physiques du manque profond ; quand quelqu'un oublie qui il est et tout le reste autour, et ne pense qu'à sa drogue.

Tristan était ma drogue. Il fallait que je mette fin à cette histoire et vite, où j'allais tomber plus loin dans la folie.

Je pris une bouffée d'air, déglutissant la gorge serrée. Mon souffle s'échappa entre mes doigts quand je lâchai un long soupir contrôlé. Après quelques respirations de plus, je levai la tête et fis tourner ma chaise de bureau. Il fallait que je travaille. Agitée, je me levai et quittai rapidement mon bureau pour aller vers la salle de pause. Il me fallait plus de café et j'avais besoin de bouger. Je marchais si rapidement que je rentrai de plein fouet dans Dan Keller en tournant dans le couloir.

— Oh ! Je suis tellement désolée ! m'exclamai-je en reculant rapidement d'un pas.

Il attrapa mon avant-bras pour ne pas que je tombe avant de me lâcher.

— Ça va ? demanda-t-il.

Je le regardai. Dan, avec ses cheveux sombres et ses yeux marron. Dan avec qui j'aimerais vibrer, mais qui ne me faisait rien. Dan qui m'avait invitée à diner. J'avais complètement oublié que je lui avais proposé d'aller boire un verre après le boulot.

Je m'étais accrochée à ça comme si ça allait me sauver de la noyade. Ce n'était pas un rendez-vous galant. Je n'étais pas prête pour ça. Mais c'était une bonne idée que je sorte, pour essayer de me rappeler que mon cœur ne serait pas toujours arrêté sur Tristan.

Je me forçai à sourire.

— Ça va, je marchais trop vite, c'est tout. Rien de nouveau, dis-je en haussant les épaules.

Dan plongea ses mains dans ses poches et acquiesça. Je restai là, un sourire un peu tremblant collé sur le visage, mais je refusais d'arrêter. Je ferais semblant d'aller bien jusqu'à m'être sortie de cette tempête d'émotions. J'avais envie d'en vouloir à Tristan, mais je ne pouvais pas. J'avais fait mes choix, en toute connaissance de cause. Il fallait que je sorte de cette relation avec tout mon élan.

Je pris une grande inspiration.

— Alors, on va boire un verre après le boulot aujourd'hui ? demandai-je en essayant d'injecter une note joyeuse et légère dans ma voix.

Ce n'était rien. Boire un verre avec un collègue était parfaitement normal.

— Ça me va, répondit-il d'un ton léger.

Il avait déjà répondu à mon e-mail de façon affirmative.

Je réussis à lui lancer un autre sourire.

— Super.

Je regardai l'horloge de façon visible.

— On peut se dire qu'on se retrouve à Harry's à 17 h 30 ? demandai-je en parlant du bar le plus proche, un endroit où la plupart des collègues allaient ensemble.

Dès que Dan se mit à acquiescer, je souris encore plus. J'avais l'impression d'être folle à ce stade. Je continuai de marcher.

— D'accord. À tout à l'heure, dis-je rapidement alors que je partais presque en courant vers la salle de pause.

Je n'entendis même pas la réponse de Dan et j'étais soulagée qu'il ne me suive pas. Qu'est-ce qui ne tournait pas rond chez moi ? Ce n'était rien d'aller boire quelques verres avec un collègue. Ça n'aurait pas dû me faire flipper autant.

Ouais, mais lui t'a invitée à sortir. Donc c'est un peu un rendez-vous galant.

Ce n'est pas un rendez-vous galant. C'est un verre après le boulot.

Oh mon Dieu. Tu es ridicule. Tu flippes parce qu'il pense sans doute que c'est romantique. Et tu ne veux pas sortir avec qui que ce soit. Tu veux Tristan.

Ridicule n'était pas un mot suffisant pour décrire mon état d'esprit. Je débattais littéralement toute seule. Ma main tremblait alors que j'essayais de me servir un café. Mes émotions me secouaient. Je posai ma tasse, reposant la cafetière à son emplacement et m'appuyai contre le comptoir. Je n'arrivais pas à me reprendre.

C'était pour ça que c'était une bonne chose que

j'aie mis fin à mon histoire avec Tristan. Quand j'avais envoyé ce message idiot, je m'étais dit qu'on trouverait un moyen de redevenir amis. L'idée de le voir et de faire face à la réalité – qu'il ne m'aimait pas et ne m'aimerait jamais – était un couteau en plein cœur. À chaque fois que je le verrais, ça me blesserait à nouveau.

Je pris plusieurs grandes inspirations pour essayer de me reprendre. C'était la salle de pause, bon sang. Je ne pouvais pas m'effondrer ici.

———

Je m'assis à une table ronde dans un coin du Harry's Pub en observant la pièce. C'était un bar de base avec un comptoir en bois et des tables assorties. Il y avait des écrans de télévision dans les coins et derrière le bar, tous diffusant un match. Il y avait plusieurs tables de billard au fond et un groupement de tables rondes là où j'étais. J'avais commandé un martini à la grenade, en grande partie parce que j'avais été surprise de le trouver au menu.

Le serveur m'avait expliqué qu'ils essayaient de nouvelles recettes. Étant donné qu'Harry's était pratiquement toujours plein et s'en sortait très bien avec les bières et les alcools de base, je trouvais ça drôle. Cela dit, j'étais ravie d'avoir ce délicieux cocktail. Il me fallait quelque chose de fort pour calmer mes nerfs. J'avais déjà bu quelques gorgées quand Dan arriva vers moi. Il me lança un sourire et leva la main, faisant signe au serveur avant de s'installer en face de moi. Il commanda une bière puis se concentra sur moi.

— Désolé d'être en retard. Je me suis retrouvé coincé en réunion avec l'équipe du docteur Hall, expliqua-t-il.

— Je n'avais pas remarqué. J'adore le docteur Hall, mais il ne sait pas terminer une réunion à l'heure. Il adore aller dans les détails.

Dan gloussa, un éclat dans ses yeux sombres.

— Oui, j'ai remarqué.

Il se tut quand le serveur arriva avec sa bière.

— Bon, à notre soirée, dit-il en levant sa bière pour un toast.

Je décidai de le prendre au mot et touchai sa bière avec mon verre avant de rapidement terminer mon cocktail et de faire signe au serveur de m'en amener un autre.

Je regardai Dan et me dis encore une fois que sans Tristan, Dan m'aurait sans doute plu. Il devrait me plaire. Il était beau et plutôt gentil. Il ne dégageait pas la même énergie que Bradley, avec ses envies légères. Il avait un bon boulot et semblait bien élevé. J'aurais dû être intéressée. Mais je ne ressentais rien de plus qu'un intérêt amical. Mon corps ne vibrait même pas un peu. Je réalisai immédiatement que j'étais repartie pour une vie sexuelle à mourir d'ennui.

J'écartai ces pensées. Il fallait que je lui laisse une chance. Plus je restais accrochée à Tristan, plus je serais accrochée à Tristan.

— Nous y voilà, répondis-je enfin. Alors, dis-moi ce qui t'a amené dans notre compagnie ?

Ce fut le début d'une conversation prévisible où l'on se raconta des choses de base et où on exprima un intérêt curieux l'un pour l'autre. À peine lancée dans cet exercice futile, je sentis un frisson me monter dans le dos. Avant que je ne puisse lever la tête vers la porte, je sus que c'était Tristan.

Voilà l'effet puissant qu'il me faisait. Il lui suffisait d'être dans la même pièce que moi pour qu'une vague d'excitation s'empare de mon corps. Je me retrouvai dans une tempête en quelques secondes.

Il avait dû commencer à pleuvoir depuis la demi-heure où j'étais arrivée ici. Les cheveux sombres de Tristan étaient mouillés. Depuis l'autre bout de la pièce, nos yeux se trouvèrent comme des aimants. La chaleur monta dans mon ventre et un éclair électrique traversa la pièce, comme si nous étions reliés par un courant. Mon souffle se coupa et je tentai de ravaler l'émotion sauvage en moi.

J'avais complètement oublié que Dan était là jusqu'à ce qu'il regarde derrière lui, un mouvement qui me sortit de ma transe. Il regarda Tristan puis se retourna vers moi.

— Je suppose que tu le connais, dit Dan d'un ton curieux.

Je réussis à détourner les yeux de Tristan pour regarder Dan. J'acquiesçai, mais je ne trouvai pas quoi dire. Mon cœur battait la chamade et j'arrivais à peine à reprendre mon souffle. J'avais bu la moitié de mon troisième martini et je terminai le reste. Le courage liquide qui m'aidait à tenir ce soir paraissait soudainement inutile. C'était pathétique que j'aie besoin de courage pour survivre à une soirée avec qui que ce soit.

Dan resta silencieux et prit une gorgée de sa bière. Quand il la reposa, il trouva mes yeux doucement.

— Je peux faire une observation ?

Je haussai les épaules, me sentant bête et mal à l'aise, et trop consciente de la présence de Tristan alors qu'il se dirigeait vers le bar. Je ne pouvais m'empêcher de le regarder, affamée de le voir. Il portait juste un t-shirt et un jean. Son t-shirt était mouillé et moulait son torse et son dos indécemment musclés. J'étais tellement mal en point que la simple vue des muscles de son dos qui se tendait tandis qu'il bougeait les bras me fit saliver. Le désir – qui avait été si absent avec Dan – monta en moi. C'était comme si j'étais une cloche et que Tristan seul savait me faire sonner. Le son retentit dans mon corps, dans des vibrations de désir. La chaleur s'empara de mon ventre et de mes membres. Tout ça, et j'étais assise de l'autre côté de la pièce, à pleurnicher pour Tristan alors que je passais la soirée avec un autre homme.

Oh, je ne faisais rien de mal en soi en prenant un verre avec Dan. On avait à peine dépassé les banalités, mais ça me paraissait gênant et mal. Ça ne faisait que mettre en lumière ce que je ressentais pour Tristan.

— Autant y aller, dit Dan, alors que sa voix coupait mes réflexions.

— Autant aller où ? demandai-je en le regardant enfin.

Il rit doucement.

— Je ne sais pas qui c'est, mais tu tiens clairement beaucoup à lui. J'avais bien compris que tu ne cherchais rien de plus qu'une amitié. Je ne sais pas ce qu'il se passe entre vous, mais je crois que tu devrais aller lui parler.

J'étais si surprise que j'ouvris la bouche. Je la refermai rapidement et secouai la tête.

— Non, non, c'est juste...

Dan haussa les épaules.

— On peut quand même être amis. Et je suis le genre d'amis qui te dit quand tu fais une bêtise. Je sais que je ne sais absolument pas ce qu'il se passe entre vous, mais d'un seul regard, je vois bien qu'il y a encore un truc. Va lui parler.

Dan était si sensible et gentil, je fondis en larmes. J'avais besoin de quelqu'un de sensible et gentil. Je n'avais pas besoin de la tornade d'émotions et de désir que Tristan déclenchait en moi.

Et comme c'était un gars gentil, Dan attrapa une serviette sur la table et me la tendit. Il me serra la main quand je fis une boule avec la serviette. À cette seconde-là, je sentis le regard de Tristan sur moi. Il se leva devant le bar, s'accrochant au bord. Ses yeux étaient sombres. Il y avait 8 ou 9 mètres entre nous, mais je sentais sa colère si clairement que j'avais l'impression d'avoir été frappée en plein ventre. J'arrachai mes yeux aux siens et passai la serviette que Dan m'avait donnée sur mes joues mouillées.

Je levai les yeux et vis Tristan boire sa bière, dos à moi. L'envie d'aller le voir était si forte qu'il fallut que je m'accroche à ma chaise pour rester en place.

— Daisy.

La voix de Dan me rappela à lui.

— Quoi ?

— Va lui parler. Tu en as clairement envie, dit-il.

— Mais je t'ai dit qu'on allait boire un verre et je ne sais pas…

— J'ai bu une bière, et tu descends tes martinis rapidement, dit-il avec un sourire malin. Je commence à comprendre pourquoi. Écoute, on peut aller boire un verre une autre fois, mais tu as quelque chose à régler, alors vas-y.

Quand je ne bougeai pas, il pencha la tête sur le côté.

— OK, il est temps de te faire la morale. Tu ne me connais pas bien, mais une fois, j'ai mis fin à une très belle histoire. Je reconnais ce regard dans tes yeux, ne sois pas aussi bête que moi.

Il désigna le bar. Mon cœur battait si fort qu'il me tirait vers l'avant, et je bougeai enfin. Je me levai, et je voulais marcher vers Tristan, mais je ne pouvais pas. J'étais trop anxieuse et dépassée. Au lieu de cela, je courus sous la pluie. Je n'avais pas de manteau et mon sac rebondit contre ma hanche alors que je sautais dans une flaque. Il avait fait gris toute la journée, mais il pleuvait des cordes maintenant.

Soudainement, une large main attrapa mon bras. Je trébuchai légèrement et me retournai pour trouver Tristan derrière moi. Mon souffle était lourd et j'étais trempée. Ma jupe remontait sur mes cuisses, le coton me collant à la peau. J'avais froid partout, mais si chaud en dedans que je le remarquai à peine.

— Tristan.

Pendant un instant, on resta là, à se fixer du regard.

Les larmes qui menaçaient de s'échapper de mes yeux coulèrent finalement sur mes joues, se mélangeant à la pluie. Mon cœur battait la chamade, et les émotions me déchiraient. La joie, la tristesse, la confusion et plus encore. Il me manquait tellement, et ça ne faisait que trois jours que je ne l'avais pas vu. Ces journées avaient paru interminables. Son absence était comme un coup de couteau dans le cœur, encore et encore.

Son regard noisette me brûla les yeux, c'était si intense que je ne pouvais pas tourner la tête.

Il ouvrit la bouche pour parler, mais la referma vite.

Il pencha la tête en arrière et regarda la pluie un moment avant de ramener son regard perçant au mien.

— J'ai failli botter le cul de ce gars, dit-il avec un ton qui paraissait ne pas croire qu'il était en train de dire une telle chose.

— Ce n'était pas romantique, dis-je rapidement. On prenait juste un verre après le boulot. Dan m'a dit d'aller te parler, donc je suis là.

Je passai ma main sur mon cœur comme si je pouvais effacer la douleur.

Tristan me tira vers lui, secouant légèrement la tête.

— Je me suis dit que j'avais deux options : lui botter le cul ou te dire ce que je ressens.

Mon souffle se coupa et mon cœur se mit à battre si fort que je n'arrivais plus à réfléchir.

— Que dirais-tu de toute une vie d'orgasmes ?

— Juste des orgasmes ? contrai-je alors qu'un espoir fou s'emparait de moi.

Il secoua la tête.

— Non, une vraie relation aussi.

Ses épaules montaient et descendaient avec sa respiration.

— Je t'aime, tu sais.

Les mots commençaient à m'échapper. Tant de sentiments écrasés les uns contre les autres. C'était comme si je les avais enfermés à double tour. Sa présence ouvrait une porte, et tout s'échappait en bazar.

— Je ne sais pas ce que je pensais en envoyant ce message, mais tu me manques et ça ne me plait pas. Pas du tout. Je t'aime, et je regrette d'avoir été si bête. Je ne voulais pas...

Soudainement, ça me frappa. Il venait de me dire qu'il m'aimait et je l'avais à peine entendu. Je jetai ma main sur sa bouche.

— Tu m'aimes ?

La pluie tombait toujours et je frissonnai de froid. Je me tus pour reprendre mon souffle. Tristan s'avança vers moi, me tirant contre lui avec un sourire en coin.

— C'est exactement ce que j'ai dit. J'ai eu peur que tu ne le remarques même pas, dit-il avec un rire grave qui vibra jusqu'à moi.

Il passa une main dans mon dos pour attraper mes fesses. Je sentais la bosse de son excitation logée dans le creux de mes cuisses. Il leva sa main libre et caressa mes lèvres. Il n'avait pas besoin de dire quoi que ce soit. J'ouvris la bouche pour parler, mais ses lèvres trouvèrent les miennes. En une demi-seconde, sa langue était dans ma bouche, s'emmêlant à la mienne. Je me collai à lui sous la pluie, la chaleur qui brûlait entre nous me faisait oublier le froid.

Chapitre Vingt-Neuf

TRISTAN

Daisy gémit dans ma bouche et se cambra contre moi. C'était tellement bon de l'avoir dans mes bras. Elle était voluptueuse. Son odeur m'encerclait, une pointe de miel et le poivré de la pluie. Un jet d'eau s'écrasa sur l'arrière de mes jambes lorsqu'une voiture passa. Je me libérai de ses lèvres, mais je ne pouvais me retenir de la goûter, embrassant et léchant sa mâchoire et son cou. Elle soupira mon nom et je reculai, juste assez pour la regarder dans les yeux.

Il faisait presque nuit. Les phares des voitures qui passaient se reflétaient dans les cheveux blonds de Daisy. Des gouttes de pluie sur ses cils encadraient ses grands yeux marron. Mon cœur battait vite et fort. Ma gorge se serra d'émotion quand je vis l'air de vulnérabilité dans ses yeux. Les pensées se bousculaient dans mon esprit. Je passai à côté de Harry's Pub en rentrant chez moi et j'étais entré pour m'abriter de la pluie, et peut-être pour m'assommer avec quelques bières. J'étais arrivé à un point de clarté à propos de Daisy, et j'avais prévu de la trouver et de la forcer à m'écouter. Je l'aimais, et je ne voulais plus fuir. J'avais immédiatement vu Daisy de l'autre côté du bar. En train de boire un verre avec un autre homme. Je n'avais jamais ressenti le genre de jalousie qui m'avait frappé à ce moment-là.

Puis il avait tendu le bras vers elle quand elle avait eu l'air triste. Alors que j'étais là, à hésiter à aller mettre un pain à ce gars, Daisy avait quitté le bar en courant. Daisy ne m'avait pas répondu quand je l'avais suppliée de me laisser la voir. J'étais passé chez elle, mais elle n'avait pas ouvert la porte. Peut-être qu'elle n'était pas là. Elle me manquait tellement, j'avais l'impression que mon cœur m'avait été arraché.

Maintenant elle était là, tremblante contre moi, ses yeux dans les miens. Elle m'avait dit qu'elle m'aimait, et la seule façon dont je pouvais répondre était en déversant tout ce que j'avais ressenti dans un baiser. Il pleuvait et des gouttes d'eau coulaient sur ses joues. J'écartai une mèche de cheveux mouillée de son front et m'imprégnai de son image et de la sensation de son corps contre le mien.

— Tu m'as manqué, murmurai-je d'une voix rauque.

Elle se colla un peu plus à moi, un son s'échappant de sa gorge.

Bon Dieu que je l'aimais. Tellement. Je me disais qu'il était temps de lui rappeler cet élément important.

— Je t'aime, dis-je enfin, une chose plus facile à dire la deuxième fois.

J'avais eu si peur de le dire. Mais ici et maintenant, avec Daisy dans mes bras, où était sa place, ce n'était pas dur. Pas du tout.

Elle écarquilla les yeux et fondit en larmes. Elle plongea son visage contre mon torse et un frisson la traversa.

Je n'avais aucune expérience dans ce genre de situation, donc je la tins simplement, caressant son dos et plongeant ma tête dans son cou. Je la respirai. Je ne comptais pas les minutes qui s'écoulèrent avant qu'elle ne cesse de trembler et que sa respiration s'égalise. Elle leva la tête et colla son front au mien quand je trouvai son regard.

— Tu aurais pu le dire plus tôt, dit-elle.

Je ris.

— Oh, tu sais ma belle, je ne l'ai compris que récemment, il y a quelques jours. J'avais oublié à quel point tu savais m'éviter.

Elle se mordit la lèvre, un petit sourire en coin s'emparant de sa bouche.

— Ton texto était plutôt vague.

— J'ai dit s'il te plait.

Elle rit un peu, en reniflant, puis passa sa manche sur son nez. Son regard devint sérieux.

— Ce n'était vraiment pas un rendez-vous galant. Je ne veux pas que tu penses que...

— Oh, j'ai pensé tout un tas de choses. C'est une bonne chose que tu sois sortie en courant, sinon je l'aurais surement cogné. Mais je t'ai couru après à la place.

La jalousie avait disparu, mais je n'avais aucune intention de me retrouver dans cette situation une nouvelle fois.

Elle se mordit la lèvre.

— J'essayais de me dire que je pouvais passer à autre chose, mais Dan me fait autant d'effet qu'un frère. Enfin, j'ai pas de frère, mais tu devrais remercier Dan. Il m'a dit que ça se voyait bien que tu comptais pour moi et de ne pas faire l'idiote.

— Ah oui ?

Elle acquiesça rapidement, son front se cognant contre le mien.

— Peut-être que quand je ne serai plus aussi jaloux,

j'irai le remercier. Il me faudra peut-être quelques jours en revanche.

Elle se mordit la lèvre et soupira. Rien que ça, la vue de ses dents plantées dans sa lèvre rebondie, et le désir me traversa si fort que mes genoux tremblèrent presque. Je passai un doigt le long de sa mâchoire pour caresser ses lèvres. Elles étaient chaudes comparées à la pluie froide sur sa peau. Sa langue s'échappa et elle aspira mon doigt dans sa bouche. La façon dont elle me suça me fit tellement bander que j'eus du mal à respirer.

La luxure me traversa. La seule chose que je savais était que j'avais besoin de l'avoir. Tout de suite. Je sortis mon doigt de sa bouche à contrecœur et regardai autour de nous, mes yeux tombant sur des escaliers qui disparaissaient dans une ruelle. Ce n'était pas la partie la plus active du centre-ville, et il pleuvait. L'heure de pointe était passée. La seule chose que je voulais était assez d'intimité pour calmer le désir qui m'habitait et m'empêchait de réfléchir.

En la gardant serrée contre moi, je la tirai vers les marches cachées dans le coin, et trouvai une petite entrée calée entre deux bâtiments. Je supposais que ces marches menaient à des appartements au-dessus des magasins, mais la seule chose qui m'importait était que l'on soit cachés et à peu près saufs de la pluie.

Je collai Daisy au mur et la soulevai contre moi, l'embrassant comme un fou. Je remerciai le ciel qu'elle n'hésite pas. Sa bouche était aussi avide que la mienne et sa langue s'empara de moi alors qu'elle gémissait tout en tirant sur mon t-shirt. Ses mains étaient froides contre ma peau, mais j'étais en feu et le contraste ne faisait que me faire monter dans les tours.

Ma queue était si dure que la pression était presque intenable. Ses tétons étaient deux pointes tendues contre ma peau. Je reculai parce que j'avais besoin de la voir. Je baissai les yeux vers ses seins, ses tétons tirant sur son chemisier fin. J'en pinçai un entre mes doigts et l'ajustai dans mes bras, remontant sa jupe sur ses jambes. Elle n'hésita pas un instant et enroula ses jambes sur ma taille.

Alors que le bruit des voitures animait la route, que nous étions cachés des yeux de tous et de la pluie par le petit renfoncement sous lequel nous nous tenions, je baissai sa culotte et plongeai mes doigts dans ses plis. Elle était chaude et mouillée. Je plongeai un doigt en elle, profondément, et explosai presque en la sentant se resserrer autour de moi.

— Tristan... murmura-t-elle, sa voix mourant dans un soupir quand j'ajoutai un second doigt, écartant et caressant son intimité.

— Oui, ma belle ?

Un autre soupir et elle serra les jambes sur ma main.

— J'ai besoin de toi en moi. Je ne peux pas...

Sa tête tomba contre le mur de l'immeuble. Retirer mes doigts était une torture, mais le besoin de plonger ma queue en elle dépassait mon envie de continuer à la provoquer. En la tenant d'une main et en capturant ses lèvres dans un baiser brûlant, je baissai ma braguette et écartai mon caleçon, attrapant ma queue de ma main. J'arrachai mes lèvres aux siennes pour pouvoir la regarder dans les yeux en m'enfonçant en elle.

Je restai immobile un instant.

— Daisy.

Je n'arrivais presque plus à parler, son nom sortit en un murmure étranglé.

Elle ouvrit les yeux, son regard marron liquide se planta sur moi. Je déglutis, mon cœur se serrant fort. Après une respiration, je plongeai en elle d'un grand coup. Elle gémit gravement, ses paupières tombèrent, mais elle ne me quitta pas du regard.

— Je le pensais, murmurai-je en reculant et en plongeant dans son antre crémeux encore une fois.

— Quoi... Oh, Tristan, gémit-elle.

Bon sang. L'entendre dire mon nom de cette voix rauque me fit presque jouir immédiatement. Je m'accrochai au dernier petit fil de contrôle que j'avais.

Elle était si bonne et mouillée, et pulsait sur mon membre. J'avais oublié que je voulais dire quelque chose jusqu'à ce qu'elle me le redemande.

— Qu'est-ce que tu pensais ?

— Je t'aime.

Mon cœur semblait prêt à s'envoler hors de ma poitrine, l'énormité de mes sentiments pour elle et le soulagement de me laisser enfin aller étaient presque trop à porter. Mais Daisy était là avec moi, serrée contre moi, et tout irait bien.

Ses yeux s'emplirent de larmes à nouveau. Avant que je ne puisse reprendre mon souffle, elle murmurait qu'elle m'aimait et j'essuyais ses larmes futilement sous la pluie. À un moment, elle rit doucement et resserra ses jambes autour de moi, bougeant ses hanches juste assez pour me rappeler que j'avais plus besoin d'elle que d'air dans mes poumons, ou au moins autant.

Je reculai un peu, savourant la sensation de sa chaleur humide sur ma queue. Quelques secondes plus tard, mon explosion me secouait. Je passai la main entre nous, appuyant mon pouce sur son petit bouton de plaisir. Son intimité vibra sur moi et elle hurla alors que le plaisir s'emparait de moi, si fort qu'il fallut que je m'appuie au mur pour me rattraper. Alors que mon souffle arrivait par vagues, je me déversai en elle. Elle s'accrocha fort, et je savourai la sensation de son corps battant contre ma peau.

J'ajustai ma prise et passai une main sur sa cuisse. En sentant sa chair de poule sous ma paume, le nuage de désir et d'émotions qui dominait mon esprit se dissipa enfin. Je levai la tête et regardai autour de nous. Nous étions à peine cachés du trottoir. Maintenant que je n'étais plus dominé par mon désir absurde, je voyais que ce n'était peut-être pas le meilleur endroit. À n'importe quel instant, quelqu'un pouvait descendre les marches derrière nous et nous tomber dessus.

Je pris ses lèvres dans un bref baiser et commençai à me retirer. Elle serra ses jambes sur moi.

— Où tu vas ? demanda-t-elle avec des yeux mutins.

— Ma belle, il pleut, on est tous les deux trempés, et quelqu'un pourrait débarquer à tout instant et tomber sur le meilleur spectacle de la ville.

Elle écarquilla les yeux, et pendant un moment, je savourai le fait qu'elle semblait avoir oublié elle aussi où nous étions. Elle se mordit la lèvre et hocha la tête.

— Ah oui, c'est vrai.

Je reculai doucement, remontant mon jean rapidement et l'aidant à descendre sa jupe. Je m'arrêtai et la regardai.

— Tu es venue en voiture ou à pied ?

— Oh, en voiture ! Passons à mon bureau avant de rentrer.

Mon cœur se serra lorsque je plaçai ma main dans la sienne. On marcha ensemble sous la pluie. Peu de temps après, nous étions chez elle. Elle était clairement gelée depuis que nous étions arrivés à sa voiture. Je l'entrainai sous la douche. Peu de temps après, elle était blottie contre moi dans son lit. Je regardai les étoiles fluorescentes sur son plafond et me dis que j'avais enfin l'impression d'être chez moi. Mon chez-moi n'était pas un lieu. C'était Daisy.

ÉPILOGUE

Daisy

Deux ans plus tard

— Ferme ta...

Je claquai ma main sur ma propre bouche en voyant les épaules de Tristan qui tremblaient.

— S'il te plait, tais-toi, dis-je en me corrigeant avec une voix mielleuse et en lui lançant un regard noir.

Nous étions à la table de la cuisine et notre fille de 1 an, Lily, jouait avec une céréale sur le plateau de sa chaise haute. Tristan venait de me dire qu'il nous fallait des couches, car il avait oublié d'en acheter la veille.

Ça me mettait en colère parce que... Eh bien, parce que. Notre vie était chargée. Très chargée. Tristan jouait encore pour les Seattle Stars. Après qu'il avait prédit ne jouer qu'une ou deux saisons de plus après sa blessure au genou, il était au sommet de sa carrière. À 34 ans, il lui restait encore quelques années de terrain devant lui. Les Stars s'étaient réinventés après de grands changements dans l'équipe, avec le transfert de certains joueurs et des blessures graves pour d'autres. Les quatre Anglais tenaient encore tous, en revanche.

Pendant ces deux années depuis la soirée pluvieuse

où nous avions enfin fait face à nos sentiments, beaucoup de choses avaient changé, et beaucoup de choses étaient les mêmes. J'avais pris le poste que Tristan avait couvert temporairement à l'hôpital pendant sa rééducation. Il disait encore qu'il reviendrait à la médecine, mais je savais que c'était surtout un plan de retraite pour lui. Je gérais les recherches cliniques à l'hôpital et emmenais Lily au boulot avec moi, où nous avions une garderie.

Tristan avait rendu son appartement, qui était devenu parfaitement inutile, six mois après cette nuit pluvieuse. Nous avions vendu mon duplex un an plus tard et avions acheté une jolie maison dans le même quartier que Liam et Olivia. Je pouvais traverser la rue et voir ma meilleure amie si je le voulais, et je le faisais souvent.

Oh, et on avait Lily. Je n'arrivais toujours pas à le croire, mais ça avait été une réelle surprise. Je prenais la pilule depuis si longtemps que je n'y pensais jamais. J'avais eu une mauvaise gastro et avais complètement oublié de prendre ma pilule pendant quelques jours. J'avais tellement oublié que je n'avais pas pensé à reprendre quand je m'étais sentie mieux. Jusqu'à ce que je tombe enceinte.

Je regardai Lily. Elle avait les mêmes boucles noires que Tristan et des yeux noisette. Elle semblait avoir hérité de ma personnalité en revanche, téméraire et audacieuse, un peu comme une petite tornade dans la maison. Mon cœur se serra fort quand je regardai Tristan.

Il me fit un clin d'œil en haussant les épaules.

— Désolé ma belle. J'ai complètement oublié, et ce n'était pas sur la liste.

Je haussai les épaules.

— Je m'en suis déjà remise.

Il se leva et posa son assiette vide dans le lave-vaisselle avant de revenir chercher la mienne. J'avais découvert qu'il cuisinait merveilleusement bien. Dans les premiers mois de notre relation, nous étions trop occupés à coucher ensemble dès que nous en avions l'occasion pour que je ne remarque pas quoi que ce soit. Il avait dépassé de loin sa promesse initiale de me faire jouir, au point où j'avais presque oublié que ça avait été un problème pour moi.

Il ferma le lave-vaisselle et s'arrêta derrière ma chaise, passant ses mains le long de mes bras, et plongeant la tête pour m'embrasser dans le cou. Je frissonnai.

— Et si tu déposais Lily et revenais à la maison ? murmura-t-il, la sensation de ses lèvres caressant ma peau me faisant mouiller.

Il n'en fallait pas plus pour ruiner ma culotte. Cet homme avait ruiné tant de sous-vêtements pour moi, c'était ridicule. Je penchai la tête et trouvai ses yeux.

Oh bon Dieu. Son regard était chaud et sombre. Il n'avait pas besoin de me convaincre plus, j'allais déposer Lily à la garderie et faire demi-tour.

TRISTAN

Je regardai Daisy se dépêcher dans le couloir devant moi. J'attendais sur le porche de notre maison. Ça ne faisait que vingt minutes qu'elle était partie déposer Lily, mais d'après mon corps, ça faisait une éternité. Comme d'habitude, elle portait l'une de ses tenues professionnelles. Bordel. J'étais certain que je ne me lasserais jamais de la voir dans l'une de ces jupes droites avec un chemisier. J'avais arraché de nombreux boutons et c'était exactement ce que je comptais faire ce matin. Dès qu'elle monta la dernière marche, j'attrapai sa main et la tirai vers moi.

Ses fesses rondes tenaient parfaitement dans ma paume. Il fallait que je parte bientôt, donc je ne perdis pas de temps. Je nous fis passer la porte-fenêtre. Après quelques pas maladroits, nous étions près du comptoir de la cuisine. Je la levai en m'attendant à trouver une culotte mouillée.

Mais au lieu d'un bout de soie, je plongeai mes doigts dans ses plis nus.

— Tu as oublié quelque chose, murmurai-je contre ses lèvres.

Elle gloussa puis gémit quand je plongeai un doigt en elle.

— Non. J'étais déjà trempée donc je l'ai retiré.

— On a cinq minutes.

— Eh bah tu ferais mieux de t'y mettre, alors.

Quinze minutes plus tard – car nous n'étions jamais doués pour aller vite –, je posais ma tête contre son épaule en me disant pour la millième fois que j'étais exactement où je voulais être. L'odeur de Daisy tout autour de moi, et son corps contre le mien. Mon cœur était si comblé que j'avais du mal à croire que les relations sérieuses me faisaient peur auparavant. Avec Daisy, je voulais bien que ce soit compliqué, jusqu'à la fin de ma vie.

Merci d'avoir lu Joue le jeu - j'espère que vous avez aimé l'histoire de Tristan et Daisy !

Inscrivez à ma newsletter ! Ça fait quelques années qu'Olivia et Liam se sont retrouvés dans Le Match. Profitez de cette tranche de vie, tirée de leur avenir.

Inscrivez à ma newsletter : Le Match - Scène Bonus

Ou inscrivez-vous à ma newsletter directement ici : https://jh-croix.ck.page/45405038d4

Pour plus de romance chaude, retrouvez l'aventure de Jana et Finn dans **Un Souhait Inassouvi**. Jana se retrouve dans la voiture de police de Finn après un accrochage sur la route. S'ensuit une série de bêtises, à la veille de Noël, et les menottes seront peut-être du jeu ! "Si un cœur pouvait réellement fondre et qu'un livre pouvait prendre feu, cette histoire serait l'étincelle !" Ne ratez pas l'aventure de Finn !

1-click. **Un Souhait Inassouvi**

À PROPOS DE L'AUTEUR

J.H. Croix est une auteur sur la liste des meilleures ventes USA Today, elle vit dans le Maine avec son mari et leurs deux chiens gâtés. Croix écrit des romances contemporaines à couper le souffle avec des femmes fortes et des hommes alphas qui n'ont pas peur de montrer leurs émotions. Son amour des petites villes et des personnages qui y vivent habite sa prose. Baladez-vous dans les folles romances de ses bestsellers !

jhcroixauthor.com
jhcroix@jhcroix.com

www.ingramcontent.com/pod-product-compliance
Lightning Source LLC
Chambersburg PA
CBHW061237210726
48293CB00003B/804